La Toile d'araignée

Agatha Christie

La Toile d'araignée

Adapté par Charles Osborne

Traduit de l'anglais par Pascal Aubin

ÉDITIONS DU MASQUE

CE ROMAN A PARU SOUS LE TITRE ORIGINAL :

SPIDER'S WEB

LE THÉÂTRE D'AGATHA CHRISTIE

Alibi, la première pièce signée Agatha Christie à être portée à la scène, et dont la première eut lieu au Prince of Wales Theatre, à Londres, en mai 1928, n'était pas écrite par Christie. C'était une adaptation par Michael Morton de son roman policier de 1926, *Le Meurtre de Roger Ackroyd*, et Hercule Poirot était interprété par Charles Laughton. La pièce comme l'interprétation de Laughton déplurent à Christie. C'est en grande partie à cause de son insatisfaction face à *Alibi* qu'elle décida de mettre en scène Poirot dans une de ses propres pièces. Le résultat fut *Black Coffee*, qui fut joué plusieurs mois au St Martin's Theatre, à Londres, en 1930.

Sept ans s'écoulèrent avant qu'Agatha Christie n'écrive la pièce suivante, *Akhenaton*. Il ne s'agissait pas d'une pièce policière, mais de l'histoire de l'ancien pharaon qui tenta de convertir une Égypte polythéiste au culte d'une divinité unique, le dieu du soleil Aton. *Akhenaton* ne fut pas porté à la scène en 1937, et resta oublié pendant trente-cinq ans jusqu'au jour où, en se livrant à un nettoyage de printemps, son auteur retrouva le texte et le fit publier.

Bien qu'*Alibi* lui ait déplu en 1928, Agatha Christie donna sa permission, au fil des ans, pour l'adaptation théâtrale, par d'autres auteurs, de cinq autres de ses œuvres. La première de ces adaptations fut *Love From a Stranger* (1936), que Frank Vosper, figure populaire du théâtre britannique dans les années 20 et 30, tira de la nouvelle « Philomel Cottage », écrivant pour lui-même le rôle principal masculin. Le roman *La Maison du péril (Peril at End House)*, écrit en 1932 et centré sur Hercule Poirot, devint une pièce du même nom en 1940, adapté par Arnold Ridley, qui était célèbre en tant qu'auteur de *The Ghost Train*, une pièce populaire à l'époque. Avec *Murder at the Vicarage* (*L'Affaire Protheroe*), adapté, en 1949, par Moie Charles et Barbara Toy d'un roman du même nom écrit en 1940, l'autre enquêteur populaire d'Agatha Christie, miss Marple, fit ses débuts à la scène.

Déçue par une ou deux de ces adaptations théâtrales dues à d'autres auteurs, Agatha Christie avait elle-même commencé, en 1945, d'adapter certains de ses romans déjà publiés pour le théâtre. Le roman policier *Dix Petits Nègres (Ten Little Niggers)*, écrit en 1939 (dont le titre anglais devint par la suite, pour des raisons évidentes, *And Then There Were None*), fut porté à la scène et connut un grand succès à la fois à Londres, en 1943, et à New York l'année suivante.

L'adaptation par Christie de *Rendez-vous avec la mort (Appointment with Death)*, roman policier publié en 1928, fut portée à la scène en 1945, et deux autres romans qu'elle adapta par la suite furent *Mort sur le Nil* (*Death on the Nile*, 1927), mis en scène en 1945 sous le titre *Murder on the Nile*, et *Le Vallon* (*The Hollow*), publié en 1946 et porté à la scène en 1951. Ces trois romans mettaient tous en scène Hercule Poirot dans le rôle de l'enquêteur, mais en les adaptant pour le théâtre, Christie supprima Poirot. « Je m'étais habituée à mettre Poirot dans mes livres, dit-elle de l'un d'entre eux, de sorte qu'il s'était introduit naturellement dans celui-ci, mais il n'avait rien à y faire. Il faisait son travail correctement, mais je ne cessais de penser que le livre aurait été bien meilleur sans lui. Par conséquent, quand j'en suis venue à esquisser la pièce, j'ai éliminé Poirot. »

Pour la pièce qui suivit *Le Vallon*, Agatha Christie se tourna non vers un roman, mais vers sa nouvelle « Three Blind Mice », elle-même fondée sur une pièce radiophonique qu'elle avait écrite en 1947 pour l'une de ses plus grandes admiratrices, la reine Mary, veuve du monarque britannique George V. La reine, qui fêtait son quatre-vingtième anniversaire cette année-là, avait demandé à la BBC de commander une pièce radiophonique à Agatha Christie, et le résultat avait été « Three Blind Mice ». Pour sa transformation en pièce de théâtre, un nouveau titre fut trouvé, tiré de *Hamlet*, de Shakespeare. Au cours de la représentation provoquée par Hamlet devant Claudius et Gertrude, le roi demande : « Comment appelez-vous la pièce ? », à quoi Hamlet répond : « La souricière. » La première de *The Mousetrap* (*La Souricière*) eut lieu à Londres en novembre 1952, et son producteur, Peter Saunders, dit à Christie qu'il espérait qu'elle serait jouée pendant un an ou même quatorze mois. « Elle ne tiendra pas si longtemps, répondit l'auteur. Huit mois, peut-être. » Quarante-huit ans plus tard, *La Souricière* est toujours jouée, et pourrait bien l'être éternellement.

Quelques semaines après la première de *La Souricière*, Saunders suggéra à Agatha Christie d'adapter pour la scène une autre de ses nouvelles, *Témoin à charge* (*Witness for the Prosecution*). Mais elle pensa que cela serait trop difficile, et dit à Saunders d'essayer lui-même. Il entreprit de le faire, et quelque temps plus tard lui remit le premier jet d'une pièce. Après l'avoir lu, Christie lui annonça qu'elle ne trouvait pas sa version assez bonne, mais qu'il lui avait en tout cas montré comment on pouvait adapter la pièce. Six semaines plus tard, elle avait terminé la pièce, qu'elle considéra ultérieurement comme une de ses meilleures. Lors de sa première en octobre 1953 au Winter Garden Theatre à Drury Lane, les spectateurs furent captivés par l'ingéniosité de la surprise finale. *Témoin à charge* connut quatre cent soixante-huit représentations, et fut même représentée six cent quarante-six fois à New York.

Peu de temps après les débuts de *Témoin à charge*, Agatha Christie accepta d'écrire une pièce pour la star de cinéma anglaise Margaret Lockwood, qui voulait un rôle exploitant ses talents d'actrice comique. Le résultat fut une agréable comédie à suspense, *La Toile d'araignée* (*Spider's Web*), qui faisait un usage satirique d'un vieux cliché, le passage secret. En décembre 1954, la première eut lieu au Savoy Theatre, où la pièce connut sept cent soixante-quatorze représentations, rejoignant *La Souricière* et *Témoin à charge*. Trois pièces à succès d'Agatha Christie étaient jouées simultanément à Londres.

Pour l'entreprise théâtrale suivante, Christie collabora avec Gerald Verner pour adapter *L'Heure zéro* (*Towards Zero*), un roman policier qu'elle avait écrit dix ans plus tôt. La première eut lieu au St James's Theatre en septembre 1956, et la pièce fut représentée pendant la période respectable de six mois. L'auteur était alors âgée de près de 70 ans, mais produisait encore au moins un roman par an et plusieurs nouvelles, tout en travaillant à son autobiographie. Elle devait écrire cinq autres pièces, dont toutes sauf une étaient des œuvres originales destinées à la scène, et non des adaptations de romans. L'exception était *Go Back for Murder*, une version théâtrale de son roman policier de 1943 *Cinq Petits Cochons* (*Five Little Pigs*) où figurait Hercule Poirot, et une fois de plus elle bannit son héros de l'intrigue, faisant mener l'enquête par un séduisant jeune avocat. La première de la pièce eut lieu au Duchess Theatre en mars 1960, mais elle ne tint que trente et une représentations.

Ses quatre autres pièces, toutes des œuvres originales, furent *Verdict*, *The Unexpected Guest* (dont les premières eurent lieu en 1958), *Rule of Three* (1962), et *Fiddlers Three* (1972). *Rule of Three* est en fait constituée de trois pièces en un acte sans lien entre elles, dont la dernière, « The Patient », est un excellent suspense à la réplique finale imbattable. Cependant, les spectateurs boudèrent cette représentation de trois pièces distinctes, et *Rule of Three* cessa d'être jouée au Duchess Theatre au bout de dix semaines.

La dernière œuvre de Christie pour le théâtre, *Fiddlers Three*, n'atteignit même pas Londres. Elle partit en tournée dans les provinces anglaises en 1971 sous le titre *Fiddlers Five*, fut retirée pour être réécrite, et reprit au Yvonne Arnaud Theatre, à Guildford, en août 1972. Après une tournée couronnée de succès de plusieurs semaines, elle ne trouva pas de théâtre à Londres et cessa d'être représentée.

Verdict, dont la première eut lieu au Strand Theatre de Londres en mai 1958, est inhabituelle en ce que, bien qu'un meurtre ait lieu au cours de la pièce, il n'est entouré d'aucun mystère, car on le commet sous les yeux des spectateurs. Les représentations ne durèrent qu'un mois, mais son auteur, pleine de détermination, murmura : « Au moins, je suis heureuse qu'elle plaise au *Times* », se mit immédiatement au travail pour écrire une autre pièce, et la termina en quatre semaines. Il s'agissait de *The Unexpected Guest*, qui, après une semaine à Bristol, déménagea au Duchess Theatre, à Londres, où la première eut lieu en août 1958, et fut représentée pendant dix-huit mois. C'est une des meilleures pièces d'Agatha Christie ; ses dialogues sont tendus et efficaces, et son intrigue pleine de surprises, bien qu'elle soit économique et peu complexe. Les critiques furent unanimement enthousiastes, et aujourd'hui, plus de quarante ans après, elle entame une nouvelle carrière sous forme de roman.

Quelques mois avant sa mort en 1976, Agatha Christie donna son consentement pour qu'une adaptation théâtrale soit faite par Leslie Darbon de son roman de 1950, *Un meurtre sera commis le... (A Murder is Announced)*, où figurait miss Marple. Lorsque la pièce fut montée à titre posthume en 1977, le critique du *Financial Times* prédit qu'elle tiendrait aussi longtemps que *La Souricière*. Ce ne fut pas le cas.

En 1981, Leslie Darbon adapta un autre roman d'Agatha Christie, *Cartes sur table* (*Cards on the Table*), une enquête de Poirot publiée quarante-cinq ans plus tôt. Prenant exemple sur l'auteur en ce qui concernait Hercule Poirot, Darbon le supprima de la distribution. À ce jour, il n'y a pas eu d'autre adaptation à la scène des romans d'Agatha Christie. Avec *Black Coffee*, *The Unexpected Guest*, et à présent *La Toile d'araignée*, j'ai entrepris de partir dans la direction opposée.

Charles Osborne

1

Copplestone Court, l'élégante demeure campagnarde du XVIIIe siècle où vivaient Henry et Clarissa Hailsham-Brown, sisé dans la campagne vallonnée aux douces ondulations du Kent, avait belle allure même à la fin d'un après-midi pluvieux du mois de mars. Dans le salon du rez-de-chaussée, meublé avec goût, dont les portes-fenêtres donnaient sur le jardin, deux hommes étaient debout près d'une console sur laquelle reposait un plateau contenant trois verres de porto, chacun marqué d'une étiquette adhésive, un, deux et trois. Il y avait aussi sur la table un crayon et une feuille de papier.

Sir Rowland Delahaye, cinquantenaire d'apparence distinguée aux manières charmantes et cultivées, s'assit sur le bras d'un fauteuil confortable et laissa son compagnon lui bander les yeux. Hugo Birch, âgé d'environ 60 ans et enclin à un comportement quelque peu irascible, plaça alors dans la main de sir Rowland l'un des trois verres. Sir Rowland but une gorgée, réfléchit un instant, puis déclara :

— Je crois... oui... tout à fait... oui, c'est le Dow 42.

Hugo replaça le verre sur la table, murmura « Dow 42 », le nota sur le papier, et tendit le verre suivant. Une fois de plus, sir Rowland en prit une gorgée. Il marqua une pause, but une seconde gorgée, puis hocha la tête affirmativement.

— Ah, oui ! déclara-t-il avec conviction. Voilà un excellent porto, assurément. (Il but une autre gorgée.) Aucun doute là-dessus. Cockburn 27.

Il rendit le verre à Hugo et continua :

— Tu te rends compte, Clarissa a gâché une bouteille de Cockburn 27 pour une expérience stupide comme celle-ci. C'est un véritable sacrilège. Mais les femmes ne comprennent vraiment rien au porto.

Hugo lui prit le verre, nota son verdict sur la feuille de papier, et lui tendit le troisième verre. Après une brève gorgée, la réaction de sir Rowland fut immédiate et violente :

— Berk ! s'exclama-t-il, dégoûté. Un pseudo porto Rich Ruby. Je ne comprends pas que Clarissa ait une telle horreur à la maison.

Son opinion dûment consignée, il ôta le bandeau.

— Maintenant, c'est ton tour, dit-il à Hugo.

Ôtant ses lunettes à monture d'écaille, Hugo laissa sir Rowland lui bander les yeux.

— Eh bien, j'imagine qu'elle se sert du porto bon

marché pour le civet de lièvre ou pour parfumer la soupe, suggéra-t-il. Je ne crois pas qu'Henry lui permettrait d'en offrir aux invités.

— Et voilà, Hugo, déclara sir Rowland en finissant d'attacher le bandeau sur les yeux de son compagnon. Je devrais peut-être te faire tourner trois fois sur toi-même comme à colin-maillard, ajouta-t-il en conduisant Hugo vers le fauteuil et en le faisant pivoter pour qu'il s'y asseye.

— Eh, doucement ! protesta Hugo.

Il chercha à tâtons le fauteuil derrière lui.

— Tu le tiens ? demanda sir Rowland.

— Oui.

— Alors je vais plutôt faire tourner les verres, dit sir Rowland en déplaçant légèrement les verres sur la table.

— C'est inutile, indiqua Hugo. Tu crois que je risque d'être influencé par ce que tu as dit ? Je suis aussi bon juge que toi pour le porto, Roly, mon garçon.

— N'en sois pas si sûr. De toute façon, on n'est jamais trop prudent, insista sir Rowland.

Comme il s'apprêtait à tendre l'un des verres à Hugo, le troisième invité des Hailsham-Brown entra depuis le jardin. Jeremy Warrender, jeune homme séduisant d'une vingtaine d'années, portait un imperméable par-dessus son costume. Haletant, et visiblement hors d'haleine, il se dirigea vers le canapé et allait s'y laisser tomber lorsqu'il remarqua ce qui se passait.

— Qu'est-ce que vous fabriquez, tous les deux ? demanda-t-il en ôtant imperméable et veste. Le truc du bonneteau avec des verres ?

— Qu'est-ce que c'est ? voulut savoir Hugo, les yeux toujours bandés. On dirait que quelqu'un a amené un chien dans la pièce.

— Ce n'est que le jeune Warrender, le rassura sir Rowland. Sois poli.

— Oh, j'ai cru d'après le bruit que c'était un chien qui venait de courir après un lapin ! déclara Hugo.

— J'ai fait trois fois l'aller-retour jusqu'au portail du pavillon, avec un imperméable par-dessus mes vêtements, expliqua Jeremy en s'affalant lourdement sur le canapé. Apparemment, le ministre herzoslovaque l'a fait en quatre minutes cinquante-trois secondes, ralenti par son imperméable. J'ai couru de toutes mes forces, mais je n'ai pas pu faire mieux que six minutes dix secondes. Et je ne crois pas qu'il ait fait mieux, lui non plus. Seul Chris Chataway en personne pourrait le faire en un temps pareil, avec ou sans imperméable.

— Qui vous a raconté ça sur le ministre herzoslovaque ? s'enquit sir Rowland.

— Clarissa.

— Clarissa ! s'exclama sir Rowland avec un petit rire.

— Oh ! Clarissa, dit Hugo avec mépris. Vous ne devriez pas prêter attention à ce que vous raconte Clarissa.

Riant toujours, sir Rowland reprit :

— Je crains que vous ne connaissiez pas très bien votre hôtesse, Warrender. C'est une jeune dame à l'imagination très vive.

Jeremy se releva.

— Vous voulez dire qu'elle a tout inventé? demanda-t-il, indigné.

— Eh bien, ça ne m'étonnerait pas d'elle, répondit sir Rowland en tendant un des trois verres à Hugo dont les yeux étaient toujours bandés. Et cela ressemble certainement à l'idée qu'elle se fait d'une bonne blague.

— Ah oui, vraiment? Attendez un peu que je voie la jeune dame, promit Jeremy. J'aurai certainement deux mots à lui dire. Bon Dieu, je suis épuisé!

Il se dirigea avec raideur vers le hall, son imperméable sur le bras.

— Arrêtez de souffler comme un phoque, se plaignit Hugo. J'essaie de me concentrer. Il y a un billet de cinq livres à la clé. Roly et moi avons fait un pari.

— Oh, lequel? s'enquit Jeremy, revenant se percher sur un bras du canapé.

— C'est pour voir qui est le meilleur juge en matière de porto, lui dit Hugo. Nous avons du Cockburn 27, du Dow 42, et la cuvée spéciale de l'épicerie locale. Taisez-vous, maintenant. C'est important. (Il prit une gorgée du verre qu'il tenait, puis murmura plutôt évasivement :) Mmm... ah!

— Alors? l'interrogea sir Rowland. Tu as décidé lequel était le premier?

— Ne me bouscule pas, Roly! Je ne veux pas brûler les étapes. Où est le suivant?

Il garda le verre tandis que sir Rowland lui en tendait un autre. Il en prit une gorgée, puis annonça :

— Oui, je suis à peu près sûr de ces deux-là. (Il renifla de nouveau les deux verres.) Le premier est le Dow, décida-t-il en tendant un verre. Le second était le Cockburn, continua-t-il en tendant l'autre verre, tandis que sir Rowland répétait : « Verre numéro trois le Dow, numéro un le Cockburn », tout en l'écrivant.

— Bon, ce n'est pas vraiment la peine de goûter le troisième, déclara Hugo, mais je suppose que je ferais mieux d'aller jusqu'au bout.

— Tiens, dit sir Rowland en lui tendant le dernier verre.

Après en avoir bu une gorgée, Hugo eut une exclamation de dégoût extrême :

— Ah ! Berk ! Quelle saleté innommable.

Il rendit le verre à sir Rowland, puis sortit un mouchoir de sa poche et s'essuya les lèvres pour se débarrasser du goût répugnant.

— Il va me falloir une heure pour m'ôter le goût de ce truc de la bouche, se plaignit-il. Enlève-moi ça, Roly.

— Attendez, je vais le faire, proposa Jeremy, qui se leva et passa derrière Hugo pour lui ôter le bandeau tandis que sir Rowland goûtait pensivement le dernier des trois verres avant de le reposer sur la table.

— Alors c'est ce que tu crois, Hugo ? Verre numéro deux, cuvée spéciale de l'épicier ? (Il secoua la tête.) Balivernes ! C'est le Dow 42, sans le moindre doute.

Hugo mit le bandeau dans sa poche.

— Bah ! Tu as perdu ton palais, Roly, déclara-t-il.

— Laissez-moi essayer, suggéra Jeremy.

Se dirigeant vers la table, il prit une brève gorgée de chaque verre. Il s'interrompit un instant, les goûta tous une nouvelle fois, puis reconnut :

— Eh bien, pour moi, ils ont tous le même goût.

— Vous, les jeunes ! le sermonna Hugo. C'est à

cause de tout ce fichu gin que vous n'arrêtez pas de boire. Ça vous ruine complètement le palais. Il n'y a pas que les femmes qui n'apprécient pas le porto. De nos jours, aucun homme de moins de 40 ans ne sait l'apprécier non plus.

Avant que Jeremy n'ait eu le temps de répliquer, la porte donnant sur la bibliothèque s'ouvrit, et Clarissa Hailsham-Brown, belle femme brune d'une trentaine d'années, entra.

— Bonjour, mes chéris ! lança-t-elle à sir Rowland et à Hugo. Vous avez réglé la question ?

— Oui, Clarissa, l'assura sir Rowland. Nous sommes prêts.

— Je sais que j'ai raison, dit Hugo. Le numéro un est le Cockburn, le deux le simili-porto, et le trois est le Dow. Juste ?

— Ridicule ! s'exclama sir Rowland avant que Clarissa n'ait eu le temps de répondre. Le numéro un est le simili-porto, le deux est le Dow, et le trois le Cockburn. J'ai raison, pas vrai ?

— Mes chéris ! fut la seule réponse immédiate de Clarissa.

Elle embrassa d'abord Hugo puis sir Rowland, et continua :

— Que l'un de vous remporte le plateau dans la salle à manger. Vous trouverez la carafe sur le buffet.

Souriant pour elle-même, elle choisit un chocolat dans une boîte posée sur une table qui se trouvait là.

Sir Rowland avait pris le plateau contenant les verres, et était sur le point de sortir. Il s'arrêta.

— La carafe ? demanda-t-il avec méfiance.

Clarissa s'assit sur le canapé, ramenant ses pieds sous elle.

— Oui, répondit-elle. Une seule carafe. (Elle gloussa.) C'est le même porto dans les trois verres, vous savez.

2

L'annonce de Clarissa produisit une réaction différente chez chacun de ses auditeurs. Jeremy éclata de rire, se dirigea vers son hôtesse et l'embrassa, tandis que sir Rowland restait bouche bée de stupéfaction, et que Hugo semblait hésiter quant à l'attitude à adopter en voyant qu'elle les avait ridiculisés tous les deux.

Quand sir Rowland retrouva finalement l'usage de la parole, il déclara :

— Clarissa, tu es perfide et sans scrupules.

Mais son ton était plein d'affection.

— Eh bien, répondit Clarissa, il a plu tout l'après-midi, et vous n'avez pas pu jouer au golf. Il faut que vous vous amusiez, et vous vous êtes bien amusés, mes chéris, n'est-ce pas ?

— Sur mon honneur ! s'exclama sir Rowland en portant le plateau vers la porte. Tu devrais avoir honte de ridiculiser tes aînés. Il se trouve que seul le jeune Warrender ici présent avait deviné qu'ils étaient tous les mêmes.

Hugo, qui riait à présent, l'accompagna à la porte.

— Qui l'a dit ? demanda-t-il en passant un bras autour de l'épaule de sir Rowland, qui a dit qu'il reconnaîtrait du Cockburn 27 les yeux fermés ?

— Peu importe, Hugo, répondit sir Rowland avec résignation, nous le boirons plus tard, quel qu'il soit.

Tout en discutant, les deux hommes sortirent par la porte donnant sur le hall, et Hugo referma la porte derrière eux.

Jeremy affronta Clarissa assise sur le canapé.

— Alors, Clarissa ! lança-t-il d'un ton accusateur, qu'est-ce que c'est que cette histoire sur le ministre herzoslovaque ?

Clarissa lui adressa un regard innocent.

— Quelle histoire ? demanda-t-elle.

Tendant un doigt vers elle, Jeremy s'exprima clairement et lentement.

— A-t-il jamais fait l'aller-retour en courant jusqu'au portail du pavillon, en imperméable, trois fois en quatre minutes cinquante-trois secondes ?

Clarissa sourit gentiment et répondit :

— Le ministre herzoslovaque est adorable, mais il a bien plus de 60 ans, et je doute qu'il ait couru où que ce soit depuis des années.

— Alors vous aviez vraiment tout inventé. Ils m'ont dit que c'était sans doute le cas. Mais pourquoi ?

— Eh bien, suggéra Clarissa, son sourire se faisant

encore plus gentil qu'auparavant, vous vous étiez plaint toute la journée de ne pas faire assez d'exercice. Alors j'ai pensé que la seule chose aimable à faire était de vous aider à en trouver. Il n'aurait servi à rien de vous ordonner d'aller courir dans les bois, mais je savais qu'un défi vous ferait réagir. Alors je vous ai inventé un concurrent.

Jeremy poussa un gémissement d'exaspération comique.

— Clarissa, lui demanda-t-il, dites-vous jamais la vérité ?

— Bien sûr que oui... parfois, reconnut Clarissa. Mais quand je dis la vérité, personne ne semble jamais me croire. C'est très étrange. (Elle réfléchit un moment, puis reprit :) Je suppose que lorsqu'on invente les choses, on se laisse emporter, et cela les rend plus convaincantes.

Elle se dirigea nonchalamment vers les portes-fenêtres.

— J'aurais pu me rompre un vaisseau sanguin, se plaignit Jeremy. Ça vous aurait été complètement égal.

Clarissa rit. Ouvrant une porte-fenêtre, elle remarqua :

— Je crois bien que le temps s'est éclairci. La soirée va être magnifique. Quelle odeur délicieuse a le jardin après la pluie. (Elle passa la tête dehors et huma.) Narcisse.

Comme elle refermait la porte-fenêtre, Jeremy s'approcha d'elle.

— Vous aimez vraiment vivre ici, à la campagne? demanda-t-il.

— J'adore ça.

— Mais vous devez vous ennuyer à mourir ! Tout cela vous convient si peu, Clarissa. Le théâtre doit vous manquer terriblement. J'ai entendu dire que vous aviez une passion pour lui quand vous étiez plus jeune.

— Oui, c'est vrai. Mais je me suis arrangée pour créer mon propre théâtre ici même, répondit Clarissa en riant.

— Mais vous devriez mener une existence amusante à Londres.

Clarissa rit de nouveau.

— Quoi... soirées et boîtes de nuit ? demanda-t-elle.

— Soirées, oui. Vous seriez une hôtesse remarquable, répliqua Jeremy en riant.

Elle se retourna pour lui faire face.

— On se croirait dans un roman edwardien, dit-elle. De toute façon, les soirées diplomatiques sont terriblement ennuyeuses.

— Mais c'est un tel gâchis de vous voir enterrée ici, persista-t-il en se rapprochant d'elle et en tentant de lui prendre la main.

— Un gâchis... pour moi ? demanda Clarissa en retirant sa main.

— Oui, répondit Jeremy avec ferveur. Et puis il y a Henry.

— Quoi, Henry ?

Clarissa s'occupa en tapotant le coussin d'une chauffeuse.

Jeremy la regarda bien en face.

— Je ne comprends vraiment pas pourquoi vous l'avez épousé, répondit-il en rassemblant tout son courage. Il est bien plus vieux que vous, il a une fille collégienne. (Il se pencha sur le fauteuil, l'observant toujours de près.) C'est un excellent homme, je n'en doute pas, mais vraiment, vous parlez d'un type pompeux et suffisant. Il se promène avec l'air d'un hibou empaillé. (Il s'interrompit, attendant une réaction. Comme aucune ne venait, il continua :) Il est ennuyeux comme la pluie.

Elle ne disait toujours rien. Jeremy essaya encore :

— Et il n'a aucun sens de l'humour, marmonna-t-il avec humeur.

Clarissa le regarda, sourit, mais ne dit rien.

— Je suppose que vous pensez que je ne devrais pas affirmer des choses pareilles ! s'exclama-t-il.

Clarissa s'assit au bout d'un tabouret.

— Oh, ça ne me dérange pas ! lança-t-elle. Dites ce que vous voudrez.

Jeremy alla s'asseoir à côté d'elle.

— Alors vous avez conscience d'avoir commis une erreur ? demanda-t-il avidement.

— Mais je n'ai pas commis d'erreur, répondit doucement Clarissa. (Puis, taquine, elle ajouta :) Êtes-vous en train de me faire des avances immorales, Jeremy ?

— Parfaitement, répondit-il sans hésiter.

— Comme c'est charmant ! (Elle le poussa du coude.) Allez-y, continuez.

— Je crois que vous connaissez mes sentiments pour vous, Clarissa, répondit Jeremy, quelque peu morose. Mais vous ne faites que jouer avec moi, n'est-ce pas ? Flirter. C'est un autre de vos jeux. Chérie, ne pouvez-vous pas être sérieuse, pour une fois ?

— Sérieuse ? À quoi bon être « sérieuse » ? Il y a assez de sérieux dans le monde comme ça. J'aime m'amuser, et j'aime que tout le monde autour de moi s'amuse aussi.

Jeremy sourit tristement.

— Je m'amuserais beaucoup plus en ce moment si vous étiez sérieuse envers moi, observa-t-il.

— Oh, allons ! lui ordonna-t-elle malicieusement. Bien sûr que vous vous amusez. Vous êtes notre invité pour le week-end, avec mon adorable parrain Roly. Et ce cher vieil Hugo est venu boire un verre ce soir, lui aussi. Roly et lui sont si drôles quand ils sont ensemble. Vous ne pouvez pas dire que vous ne vous amusez pas.

— Bien sûr que je m'amuse, reconnut Jeremy. Mais vous ne me laissez pas vous dire ce que je veux vraiment vous dire.

— Ne soyez pas ridicule, chéri, répliqua-t-elle. Vous savez que vous pouvez me dire tout ce que vous voulez.

— Vraiment ? Vous êtes sérieuse ?

— Bien sûr.

— Très bien, alors, dit Jeremy.

Il se leva du tabouret et se tourna face à elle.

— Je vous aime, déclara-t-il.

— Je suis si contente ! répliqua joyeusement Clarissa.

— Ce n'est pas du tout la bonne réponse, se plaignit Jeremy. Vous devriez dire : « Je suis vraiment désolée », d'une voix grave et compatissante.

— Mais je ne suis pas désolée, insista Clarissa. Je suis ravie. J'aime que les gens soient amoureux de moi.

Jeremy se rassit à côté d'elle, mais se détourna. À présent, il semblait profondément bouleversé. Après l'avoir contemplé un moment, Clarissa demanda :

— Est-ce que vous feriez n'importe quoi pour moi ?

Se retournant vers elle, Jeremy s'empressa de répondre :

— Vous savez que oui. N'importe quoi. Absolument n'importe quoi, déclara-t-il.

— Vraiment ? dit Clarissa. En supposant, par exemple, que j'assassine quelqu'un, m'aideriez-vous... non, je ne dois pas.

Elle se leva et s'éloigna de quelques pas.

Jeremy se tourna vers elle.

— Non, continuez, la pressa-t-il.

Elle s'arrêta un instant, puis déclara :

— Vous venez de me demander s'il m'arrivait de m'ennuyer ici, à la campagne.

— Oui.

— Eh bien, je suppose que oui, d'une certaine façon, reconnut-elle. Ou plutôt, je pourrais, si je n'avais pas mon passe-temps secret.

Jeremy avait l'air intrigué.

— Un passe-temps secret ? Qu'est-ce que c'est ? lui demanda-t-il.

Clarissa prit une profonde inspiration.

— Voyez-vous, Jeremy, dit-elle, ma vie a toujours été paisible et heureuse. Rien d'excitant ne m'arrivait jamais, alors je me suis mise à jouer à un petit jeu. Je l'appelle « supposons ».

Jeremy eut l'air perplexe.

— Supposons ?

— Oui, dit Clarissa, qui se mit à faire les cent pas dans la pièce. Par exemple, je pourrais me dire : « Supposons que je descende un matin et que je trouve un cadavre dans la bibliothèque, que ferais-je ? » Ou « Supposons qu'une femme soit introduite ici un jour et me dise qu'Henry et elle se sont mariés secrètement à Constantinople, et que notre mariage est un acte de bigamie, que lui dirais-je ? » Ou « Supposons que j'aie suivi mon instinct, et que je sois devenue une actrice célèbre. » Ou « Supposons que je doive choisir entre trahir mon pays et voir Henry exécuté sous mes yeux ? » Vous voyez ce que je veux dire ? (Elle sourit soudain à Jeremy.) Ou même... (Elle s'installa dans le fauteuil.) « Supposons que je m'enfuie avec Jeremy, qu'arriverait-il alors ? »

Jeremy alla s'agenouiller à côté d'elle.

— Je suis flatté, lui dit-il. Mais avez-vous jamais vraiment imaginé cette situation-là ?

— Oh oui ! répondit Clarissa avec un sourire.

— Alors ? Que s'est-il passé ?

Il lui serra la main.

À nouveau, elle la retira.

— Eh bien, la dernière fois que j'ai joué à ce jeu, nous étions sur la Côte d'Azur, à Juan-les-Pins, et Henry nous poursuivait. Il avait un revolver sur lui.

Jeremy eut l'air effrayé.

— Mon Dieu ! M'a-t-il tiré dessus ?

Clarissa sourit à ce souvenir.

— Je crois me rappeler qu'il a dit... (Elle s'interrompit, puis, adoptant un ton extrêmement dramatique, continua :) « Clarissa, si tu ne rentres pas avec moi, je vais me tuer. »

Jeremy se leva et s'éloigna.

— Très élégant de sa part, dit-il d'un ton peu convaincu. Je n'arrive pas à imaginer quelque chose qui lui ressemble moins. Mais, quoi qu'il en soit, qu'avez-vous répondu ?

Clarissa souriait toujours complaisamment.

— Pour tout dire, je l'ai joué de deux façons différentes, reconnut-elle. En une occasion, je disais à Henry que je regrettais affreusement. Je ne voulais pas vraiment qu'il se tue, mais j'étais profondément amoureuse de Jeremy, et je ne pouvais rien y faire. Henry se jetait à mes pieds en sanglotant, mais j'étais inébranlable. « Je t'aime bien, Henry, lui disais-je, mais je ne peux pas vivre sans Jeremy. Adieu. » Puis je me précipitais hors de la maison, vers le jardin où vous m'attendiez. Comme nous dévalions l'allée vers la grille d'entrée, nous entendions un coup de feu résonner dans la maison, mais nous avons continué à courir.

— Bonté divine ! s'exclama Jeremy, le souffle coupé. Eh bien, vous ne lui avez pas envoyé dire, hein ? Pauvre Henry. (Il réfléchit un instant, puis continua :) Mais vous dites que vous l'avez joué de deux façons. Que s'est-il passé l'autre fois ?

— Oh, Henry était si malheureux, et m'a supplié de façon si attendrissante que je n'ai pas eu le cœur de le quitter. J'ai décidé de renoncer à vous, et de consacrer ma vie à faire le bonheur d'Henry.

Jeremy avait maintenant l'air absolument accablé.

— Eh bien, chérie, déclara-t-il tristement, vous avez

l'air de bien vous amuser. Mais je vous en supplie, soyez sérieuse un moment. Je suis très sérieux quand je dis que je vous aime. Je vous aime depuis longtemps. Vous avez dû vous en rendre compte. Êtes-vous sûre qu'il n'y a aucun espoir pour moi ? Voulez-vous vraiment passer le reste de votre vie avec ce vieux raseur d'Henry ?

Clarissa fut dispensée de répondre par l'arrivée d'une enfant maigre et assez grande de 12 ans, qui portait un uniforme d'écolière et un cartable. Elle lança : « Bonjour, Clarissa ! » en guise de salut en entrant dans la pièce.

— Bonjour, Pippa, répondit sa belle-mère. Tu es en retard.

Pippa posa son chapeau et son cartable sur un fauteuil.

— Leçon de musique, expliqua-t-elle laconiquement.

— Ah oui ! se souvint Clarissa. C'est ton jour de piano, n'est-ce pas ? C'était intéressant ?

— Non. Affreux. Des exercices horribles que j'ai dû répéter à n'en plus finir. Miss Farrow a dit que c'était pour améliorer mon doigté. Elle n'a pas voulu me laisser jouer le joli morceau que j'avais préparé. Il y a à manger quelque part ? Je suis affamée.

Clarissa se leva.

— Tu n'as pas eu des brioches à manger dans le bus, comme d'habitude ? demanda-t-elle.

— Ah si ! reconnut Pippa, mais c'était il y a une demi-heure. (Elle adressa à Clarissa un regard suppliant qui était presque comique.) Je ne peux pas avoir du gâteau, ou autre chose, pour tenir jusqu'au dîner ?

Clarissa lui prit la main et la conduisit à la porte du hall en riant.

— Nous allons voir ce qu'on peut trouver, promit-elle.

Comme elles sortaient, la fillette demanda avec enthousiasme :

— Est-ce qu'il reste de ce gâteau, celui avec des cerises dessus ?

— Non, lui dit Clarissa. Tu l'as terminé hier.

Jeremy secoua la tête et sourit en entendant leurs voix s'éloigner dans le hall. Dès qu'elles furent trop loin pour l'entendre, il s'approcha vivement du bureau et ouvrit en hâte un ou deux tiroirs. Mais entendant soudain une vigoureuse voix féminine lancer dans le jardin : « Oh hé, vous autres ! », il sursauta, et s'empressa de refermer les tiroirs. Il se tourna vers le jardin à temps pour voir une grande femme à l'air jovial d'une quarantaine d'années, en tailleur de tweed et bottes de caoutchouc, ouvrir la porte-fenêtre. Elle s'arrêta à la vue de Jeremy. Plantée sur les marches de la porte-fenêtre, elle demanda d'un ton brusque :

— Mrs Hailsham-Brown est dans le coin ?

Jeremy s'écarta du bureau d'un air détaché, et se dirigea tranquillement vers le canapé en répondant :

— Oui, miss Peake. Elle vient d'aller dans la cuisine avec Pippa pour lui trouver quelque chose à manger. Vous connaissez l'appétit féroce de Pippa.

— Les enfants ne devraient pas manger entre les

repas, répondit-elle d'une voix tonitruante, presque masculine.

— Voulez-vous entrer, miss Peake? demanda Jeremy.

— Non, je ne veux pas entrer à cause de mes bottes, expliqua-t-elle avec un rire franc. Je ramènerais la moitié du jardin avec moi si j'entrais. (Elle rit à nouveau.) J'allais juste lui demander ce qu'elle voulait comme légumes pour le déjeuner de demain.

— Eh bien, je crains de ne... commença Jeremy, mais miss Peake l'interrompit.

— Vous savez quoi? tonna-t-elle, je repasserai.

Elle s'apprêtait à partir, mais se retourna vers Jeremy.

— Oh, vous ferez bien attention avec ce bureau, n'est-ce pas, Mr Warrender? dit-elle d'un ton péremptoire.

— Oui, bien sûr, répondit Jeremy.

— C'est une antiquité de valeur, voyez-vous, expliqua miss Peake. Vous ne devriez vraiment pas tirer aussi fort sur les tiroirs.

Jeremy eut l'air perplexe.

— Je suis vraiment désolé, s'excusa-t-il. Je cherchais seulement du papier à lettres.

— Casier du milieu, aboya miss Peake, en le montrant du doigt.

Jeremy se tourna vers le bureau, ouvrit le casier du milieu, et en sortit une feuille de papier à lettres.

— C'est ça, continua miss Peake avec brusquerie. C'est curieux, mais souvent les gens ne voient pas ce qu'ils ont juste sous les yeux.

Elle gloussa d'un rire franc et partit à grands pas dans le jardin. Jeremy se mit à rire lui aussi, mais s'arrêta brusquement dès qu'elle fut partie. Il était sur le point de revenir au bureau quand Pippa rentra, mâchonnant une brioche.

3

— Mmm... Épatante, cette brioche, dit Pippa la bouche pleine en fermant la porte derrière elle et en essuyant ses doigts collants sur sa jupe.

— Salut ! lança Jeremy. Comment s'est passée l'école, aujourd'hui ?

— C'était plutôt nul, répondit joyeusement Pippa en posant ce qui restait de la brioche sur la table. J'ai eu affaires internationales, aujourd'hui. (Elle ouvrit son cartable.) Miss Wilkinson adore les affaires internationales. Mais elle est trop molle. Incapable de garder l'ordre dans la classe.

Tandis que Pippa sortait un livre de son cartable, Jeremy lui demanda :

— Quelle est ta matière préférée ?

— La biologie, répondit immédiatement Pippa,

pleine d'enthousiasme. C'est divin. Hier, on a disséqué une patte de grenouille. (Elle lui fourra son livre sous le nez.) Regarde ce que j'ai trouvé chez le bouquiniste. Il est drôlement rare, j'en suis sûre. Il a plus de cent ans.

— Qu'est-ce que c'est, exactement?

— C'est un genre de livre de recettes, expliqua Pippa. (Elle ouvrit le livre.) C'est passionnant, absolument passionnant.

— Mais de quoi parle-t-il? voulut savoir Jeremy.

Pippa était déjà absorbée par son livre.

— Quoi? murmura-t-elle en tournant les pages.

— En tout cas, il a l'air vraiment fascinant, fit-il remarquer.

— Quoi? répéta Pippa, toujours captivée par le livre. (Elle murmura à part elle :) Ça alors! et tourna une autre page.

— Visiblement, tu en as eu pour ton argent, commenta Jeremy, qui prit un journal.

Apparemment intriguée par ce qu'elle lisait dans le livre, Pippa lui demanda :

— Quelle est la différence entre une chandelle de cire et une chandelle de suif?

Jeremy réfléchit un instant avant de répondre :

— J'imagine qu'une chandelle de suif est d'une qualité nettement inférieure, dit-il. Mais on ne peut pas la manger. Quel curieux livre de recettes.

Très amusée, Pippa se leva.

— Est-ce qu'on peut en manger? On dirait le jeu des vingt questions. (Elle rit, jeta le livre sur la chauffeuse, et alla prendre un jeu de cartes sur les étagères.) Tu sais jouer à la réussite démoniaque? demanda-t-elle.

À présent, Jeremy était totalement absorbé par son journal.

— Mmm... fut sa seule réponse.

Pippa essaya de nouveau d'attirer son attention.

— Je suppose que ça ne te dit rien de jouer à la bataille ?

— Non, répondit fermement Jeremy.

Il replaça le journal sur le tabouret, puis s'assit au bureau et rédigea une adresse sur une enveloppe.

— Non, c'est bien ce que je pensais, murmura Pippa avec mélancolie.

Agenouillée par terre au milieu de la pièce, elle étala ses cartes et se mit à jouer à la réussite diabolique.

— Si seulement il pouvait faire beau, pour changer, se plaignit-elle. C'est un tel gâchis d'être à la campagne quand il pleut.

Jeremy se tourna vers elle.

— Ça te plaît de vivre à la campagne, Pippa ?

— Vachement, répondit-elle avec enthousiasme. Ça me plaît drôlement plus que de vivre à Londres. Cette maison est absolument géniale, il y a un court de tennis et tout. On a même une cachette de prêtre.

— Une cachette de prêtre ? interrogea Jeremy en souriant. Dans cette maison ?

— Mais oui, répondit Pippa.

— Je ne te crois pas. Elle n'est pas de la bonne période.

— Eh bien, moi, j'appelle ça une cachette de prêtre, insista-t-elle. Regarde, je vais te montrer.

Elle alla vers le côté droit des étagères, en sortit deux ou trois livres, et tira un petit levier dans le mur. Une partie du mur situé à droite des étagères s'ouvrit, révélant qu'il s'agissait d'une porte cachée. Derrière la porte se trouvait une alcôve assez grande, avec une autre porte secrète sur le mur du fond.

— Je sais que ce n'est pas vraiment une cachette de prêtre, évidemment, reconnut Pippa. Mais en tout cas, c'est un passage secret. En fait, cette porte donne sur la bibliothèque.

— Ah, vraiment ? dit Jeremy en allant l'examiner.

Il ouvrit la porte au fond de l'alcôve, jeta un coup d'œil dans la bibliothèque, puis la referma et revint dans la pièce.

— C'est vrai.

— Mais c'est un secret, et on ne devinerait jamais qu'elle est là, à moins de le savoir, dit Pippa en relevant le levier pour fermer le panneau. Je m'en sers tout le temps, continua-t-elle. C'est le genre d'endroit qui serait drôlement pratique pour cacher un cadavre, tu ne crois pas ?

Jeremy sourit.

— Tout à fait idéal, convint-il.

Pippa retourna à son jeu de cartes, tandis que Clarissa entrait.

Jeremy leva les yeux.

— L'Amazone vous cherche, l'informa-t-il.

— Miss Peake ? Oh, quel ennui ! s'exclama Clarissa tout en prenant la brioche de Pippa sur la table et en mordant dedans.

Pippa sauta immédiatement sur ses pieds.

— Hé, c'est à moi ! protesta-t-elle.

— Petite goinfre, murmura Clarissa en lui tendant ce qui restait de la brioche.

Pippa la reposa sur la table et retourna à son jeu.

— Elle m'a d'abord hélé comme si j'étais un navire, dit Jeremy à Clarissa, et ensuite elle m'a passé un savon pour avoir maltraité ce bureau.

— C'est une terrible enquiquineuse, reconnut Clarissa en se penchant au-dessus du canapé pour examiner les cartes de Pippa. Mais nous ne sommes que locataires, et elle est incluse dans le bail, alors...

Elle s'interrompit pour dire à Pippa : « Le dix noir sur le valet rouge », avant de reprendre :

— ... alors nous sommes obligés de la garder. Et quoi qu'il en soit, c'est une excellente jardinière.

— Je sais, convint Jeremy en lui passant un bras autour des épaules. Je l'ai vue par la fenêtre de ma chambre ce matin. J'entendais quelqu'un faire des efforts, alors j'ai sorti la tête, et j'ai vu l'Amazone, dans le jardin, en train de creuser quelque chose qui ressemblait à une énorme tombe.

— On appelle ça creuser des tranchées, expliqua Clarissa. Je crois qu'on y plante des choux, ou quelque chose dans ce genre.

Jeremy se pencha pour étudier le jeu de cartes étalé sur le sol.

— Trois rouge sur le quatre noir, conseilla-t-il à Pippa, qui lui répondit par un regard furieux.

Sortant de la bibliothèque en compagnie de Hugo, sir Rowland adressa à Jeremy un regard appuyé. Il laissa retomber son bras avec tact et s'écarta de Clarissa.

— Le temps a l'air de s'être enfin éclairci, annonça sir Rowland. Trop tard pour le golf, malheureusement. Il ne reste qu'environ vingt minutes de jour. (Baissant les yeux vers les cartes de Pippa, il en indiqua une du pied.) Regarde, celle-là va là, lui dit-il. (Traversant la pièce en direction de la porte-fenêtre, il ne remarqua pas le regard féroce que Pippa dardait vers lui.) Eh bien, dit-il en contemplant le jardin, je suppose que nous ferions aussi bien d'aller au pavillon de golf tout de suite, si nous devons manger là-bas.

— Je vais chercher mon manteau, annonça Hugo en s'inclinant au passage par-dessus Pippa pour lui indiquer une carte.

Pippa, à présent vraiment furieuse, se pencha en avant et couvrit les cartes de son corps, tandis que Hugo se retournait pour s'adresser à Jeremy :

— Et vous, mon garçon? demanda-t-il. Vous venez avec nous?

— Oui, répondit Jeremy. Je vais juste chercher ma veste.

Hugo et lui sortirent ensemble dans le hall, laissant la porte ouverte.

— Tu es sûr que ça ne te dérange pas de dîner au pavillon du club ce soir, chéri? demanda Clarissa à sir Rowland.

— Pas du tout, l'assura-t-il. Excellente idée, puisque c'est la soirée de congé des domestiques.

Le majordome d'un certain âge des Hailsham-Brown entra par la porte du hall et se dirigea vers Pippa.

— Votre souper est servi dans la salle de classe, miss

Pippa, annonça-t-il. Il y a du lait, des fruits, et vos biscuits favoris.

— Oh, chouette ! cria la fillette en se levant d'un bond. Je suis affamée.

Elle fonça vers la porte du hall, mais fut arrêtée par Clarissa, qui lui ordonna sèchement de ramasser d'abord ses cartes et de les ranger.

— Oh, flûte ! s'exclama Pippa.

Elle retourna vers les cartes, s'agenouilla, et se mit lentement à les rassembler en pile contre une extrémité du canapé.

Elgin s'adressa ensuite à Clarissa.

— Excusez-moi, madame, murmura-t-il respectueusement.

— Oui, Elgin, qu'y a-t-il ?

Le majordome parut mal à l'aise.

— Il y a eu un petit... euh... incident, à propos des légumes.

— Oh, mon Dieu ! dit Clarissa. Vous voulez dire, avec miss Peake ?

— Oui, madame, continua le majordome. Mon épouse trouve miss Peake très difficile à vivre, madame. Elle vient continuellement dans la cuisine, la critique et lui fait des remarques, et mon épouse n'apprécie pas, elle n'apprécie pas du tout. Partout où nous avons servi, Mrs Elgin et moi-même avons toujours eu des relations très agréables avec le jardin.

— J'en suis vraiment désolée, répondit Clarissa en réprimant un sourire. Je vais... euh... je vais essayer de faire quelque chose. Je parlerai à miss Peake.

— Merci, madame.

Il s'inclina et quitta la pièce, fermant la porte du hall derrière lui.

— Qu'ils sont agaçants, ces domestiques, remarqua Clarissa à l'adresse de sir Rowland. Et comme ils disent des choses curieuses. Comment peut-on avoir des relations agréables avec le jardin ? Ça paraît déplacé, ça a quelque chose de païen.

— Je trouve que vous avez de la chance, en tout cas, avec ce couple, les Elgin, lui fit remarquer sir Rowland. Où les avez-vous trouvés ?

— Oh, au bureau de placement du coin, répondit Clarissa.

Sir Rowland fronça les sourcils.

— J'espère qu'il ne s'agit pas de celui, comment s'appelle-t-il, où l'on vous envoie toujours des maraudeurs, observa-t-il.

— Des ramoneurs ? demanda Pippa en levant les yeux du plancher où elle triait toujours ses cartes.

— Non, chérie, des maraudeurs, répéta sir Rowland. Tu te souviens, continua-t-il en s'adressant à Clarissa, de cette agence au nom italien ou espagnol — di Botello, je crois — qui n'arrêtait pas de t'envoyer des candidats, dont la plupart se sont révélés être des immigrants clandestins ? Andy Hulme s'est pratiquement fait dévaliser par un couple que sa femme et lui avaient engagé. Ils se sont servis du van d'Andy pour déménager la moitié de la maison. Et on ne les a jamais retrouvés à ce jour.

— Ah oui ! rit Clarissa. Je m'en souviens. Allez, Pippa, dépêche-toi, ordonna-t-elle.

Pippa ramassa les cartes, et se leva.

— Voilà ! s'exclama-t-elle avec humeur en replaçant les cartes sur l'étagère. Si seulement il ne fallait pas toujours tout ranger.

Elle se dirigea vers la porte, mais fut arrêtée par Clarissa qui, prenant ce qui restait de la brioche de Pippa sur la table, lui lança : « Tiens, emporte ta brioche » et la lui tendit.

Pippa fit de nouveau mine de sortir.

— Et ton cartable, continua Clarissa.

Pippa courut jusqu'à la chauffeuse, saisit son cartable, et se tourna de nouveau vers la porte du hall.

— Chapeau ! cria Clarissa.

Pippa posa la brioche sur la table, prit son chapeau, et courut vers la porte du hall.

— Tiens ! la rappela Clarissa.

Elle prit le morceau de brioche, le fourra dans la bouche de Pippa, prit le chapeau, l'enfonça sur la tête de la fillette, et la poussa dans le hall.

— Et ferme la porte, Pippa ! lui lança-t-elle.

Pippa fit enfin sa sortie, refermant la porte derrière elle. Sir Rowland rit, et Clarissa, l'imitant, prit une cigarette dans une boîte placée sur la table. Dehors, la lumière du jour commençait à faiblir, et la pièce devenait un peu plus sombre.

— Tu sais, c'est incroyable ! s'exclama sir Rowland. Pippa n'est plus la même, à présent. Tu t'en es remarquablement tirée avec elle, Clarissa.

Clarissa se laissa tomber sur le canapé.

— Je crois qu'elle m'apprécie vraiment, maintenant, et qu'elle me fait confiance. Et jouer les belles-mères me plaît bien.

Sir Rowland prit un briquet sur la table basse près du canapé pour allumer la cigarette de Clarissa.

— Eh bien, remarqua-t-il, en tout cas, elle a de nouveau l'air d'une enfant normale et heureuse.

Clarissa hocha affirmativement la tête.

— Je crois que vivre à la campagne y est pour beaucoup, suggéra-t-elle. Et elle va dans une école très bien, où elle se fait des tas d'amies. Oui, je crois qu'elle est heureuse, et comme tu dis, normale.

Sir Rowland fronça les sourcils.

— C'est révoltant de voir un enfant dans l'état où elle était ! J'aimerais tordre le cou à Miranda. Quelle mère lamentable elle faisait.

— Oui, convint Clarissa. Pippa était absolument terrifiée par sa mère.

Il la rejoignit sur le canapé.

— Quelle affaire épouvantable, murmura-t-il.

Clarissa serra les poings et eut un geste de colère.

— Je suis furieuse à chaque fois que je pense à Miranda, dit-elle. Tout ce qu'elle a fait endurer à Henry, et ce qu'elle a fait subir à cette enfant. Je ne comprends toujours pas comment une femme peut agir ainsi.

— La drogue fait beaucoup de dégâts, continua sir Rowland. Ça change complètement le caractère.

Ils restèrent un moment silencieux, puis Clarissa demanda :

— Qu'est-ce qui l'a poussée à prendre de la drogue, à ton avis ?

— Je crois que c'était son ami, ce porc d'Oliver Costello, déclara sir Rowland. Je crois qu'il est dans le trafic de drogue.

— C'est un horrible personnage, convint Clarissa. Vraiment mauvais, je me le suis toujours dit.

— Elle l'a épousé maintenant, n'est-ce pas ?

— Oui, ils se sont mariés il y a environ un mois.

Sir Rowland secoua la tête.

— Eh bien, il ne fait aucun doute que c'est un bon débarras pour Henry. C'est un brave type, Henry. (Il répéta avec emphase :) Vraiment un brave type.

Clarissa sourit et murmura doucement :

— Tu crois que tu as besoin de me le dire ?

— Je sais qu'il ne dit pas grand-chose, continua sir Rowland. Il est ce qu'on pourrait appeler peu démonstratif mais c'est un type vraiment sain. (Il marqua une pause, puis reprit :) Ce jeune homme, Jeremy. Que sais-tu de lui ?

Clarissa sourit à nouveau.

— Jeremy ? Il est très amusant, répondit-elle.

— Pff ! grogna sir Rowland. C'est la seule chose qui semble intéresser les gens, de nos jours. (Il adressa un regard sérieux à Clarissa, et continua :) Tu ne vas pas... tu ne vas pas faire de bêtise, n'est-ce pas ?

Clarissa rit.

— Ne tombe pas amoureuse de Jeremy Warrender. C'est bien ce que tu veux dire, non ?

Sir Rowland la considérait toujours avec sérieux.

— Oui, c'est précisément ce que je veux dire. Il est visiblement très attaché à toi. En fait, il a l'air incapable de se retenir de te toucher. Mais ton mariage avec

Henry est très heureux, et je ne voudrais pas te voir faire quoi que ce soit qui le menace.

Clarissa lui adressa un sourire affectueux.

— Tu crois vraiment que j'irais faire quelque chose d'aussi stupide ? demanda-t-elle d'un ton enjoué.

— En tout cas, ce serait extrêmement stupide, la sermonna sir Rowland. (Il s'interrompit avant de continuer :) Tu sais, Clarissa chérie, je t'ai vue grandir. Tu comptes vraiment beaucoup pour moi. Si jamais tu avais le moindre ennui, tu viendrais demander conseil à ton vieux tuteur, n'est-ce pas ?

— Bien sûr, Roly chéri ! (Elle l'embrassa sur la joue.) Et ne t'en fais pas pour Jeremy. Vraiment, c'est inutile. Je sais qu'il est très attachant, séduisant, et tout. Mais tu me connais, je ne fais que m'amuser. Ce n'est qu'un jeu. Rien de sérieux.

Sir Rowland était sur le point de répondre quand miss Peake apparut soudain à la porte-fenêtre.

4

Miss Peake avait à présent abandonné ses bottes, et ses pieds ne portaient plus que des bas. Elle tenait à la main une tête de brocoli.

— J'espère que vous ne voyez pas d'inconvénient à ce que j'entre par là, Mrs Hailsham-Brown, tonna-t-elle en s'approchant à grands pas du canapé. Je ne vais pas salir la pièce, j'ai laissé mes bottes dehors. J'aimerais juste que vous jetiez un coup d'œil sur ces brocolis.

Elle les tendit d'un air belliqueux par-dessus le dossier du canapé et les brandit sous le nez de Clarissa.

— Ils... euh... ils ont l'air parfaits, fut tout ce que Clarissa trouva à dire en guise de réponse.

Miss Peake fit passer les brocolis sous le nez de sir Rowland.

— Regardez, lui ordonna-t-elle.

Sir Rowland fit ce qu'on lui demandait et prononça son verdict :

— Je ne vois rien qui cloche chez eux.

Mais il lui prit les brocolis afin de les examiner de plus près.

— Bien sûr qu'il n'y a rien qui cloche ! aboya miss Peake. J'en ai apporté d'autres exactement semblables à la cuisine hier, et cette femme, à la cuisine... (Elle s'interrompit pour ajouter :) Bien entendu, je ne veux pas me plaindre contre vos domestiques, Mrs Hailsham-Brown, mais j'aurais pas mal de choses à dire. (Revenant à son thème principal, elle continua :) Mais cette Mrs Elgin a eu le culot de me dire que c'était un spécimen si lamentable qu'elle n'allait pas le faire cuire. Elle a dit quelque chose comme : « Si vous n'êtes pas capable de faire mieux que ça dans le potager, vous feriez mieux de changer de métier. » J'étais si furieuse que j'aurais pu la tuer.

Clarissa s'apprêtait à répondre, mais miss Peake, l'ignorant, continua sur sa lancée :

— Bon, vous savez que je ne veux jamais faire d'histoires, mais je refuse d'aller dans cette cuisine pour me faire insulter. (Après une brève pause visant à reprendre son souffle, elle poursuivit sa tirade :) À l'avenir, annonça-t-elle, je déposerai les légumes à la porte de service, et Mrs Elgin pourra y laisser une liste...

Sir Rowland, à ce moment, tenta de lui rendre les brocolis, mais miss Peake l'ignora, et continua :

— Elle peut y laisser une liste de ce qu'il lui faut.

Elle hocha la tête avec emphase.

Ni Clarissa ni sir Rowland ne trouvèrent quoi que ce soit à répondre à cela, et comme la jardinière ouvrait la bouche pour continuer, le téléphone sonna.

— Je vais répondre, brailla-t-elle.

Elle s'approcha du téléphone et souleva le combiné.

— Allô ! oui ! aboya-t-elle dans le microphone, tout en essuyant le plateau de la table avec un coin de sa blouse. Ici Copplestone Court... vous voulez parler à Mrs Brown ? Oui, elle est là.

Miss Peake tendit le combiné, et Clarissa écrasa sa cigarette, alla au téléphone, et le lui prit des mains.

— Allô ! dit Clarissa, ici Mrs Hailsham-Brown... Allô ! allô ! (Elle regarda miss Peake.) C'est bizarre ! On a raccroché, apparemment.

Comme Clarissa raccrochait, miss Peake fondit soudain sur la console et la replaça contre le mur.

— Excusez-moi, tonna-t-elle, mais Mr Sellon aimait toujours voir cette table collée au mur.

Clarissa adressa subrepticement une grimace à sir Rowland, mais se hâta néanmoins d'aider miss Peake à déplacer la table.

— Merci, dit la jardinière. Et vous ferez attention à ne pas laisser de marques avec les verres sur les meubles, n'est-ce pas, Mrs Brown-Hailsham ? (Clarissa contempla la table avec anxiété tandis que la jardinière se reprenait.) Désolée, je voulais dire Mrs Hailsham-Brown. (Elle partit d'un rire sonore.) Enfin, Brown-Hailsham, Hailsham-Brown, continua-t-elle. Tout ça, c'est la même chose, non ?

— Non, pas du tout, miss Peake, déclara sir Rowland en articulant distinctement. En fait, un marron d'Inde n'est pas la même chose qu'une dinde aux marrons.

Tandis que miss Peake riait de bon cœur de cette plaisanterie, Hugo entra.

— Bonjour, vous, le salua-t-elle. Je suis en train d'en prendre pour mon grade. Ils sont très sarcastiques, tous les deux. (S'approchant de Hugo, elle lui donna une claque dans le dos, puis revint vers les autres.) Bon, bonne nuit, tout le monde, cria-t-elle. Il faut que je rentre. Donnez-moi les brocolis.

Sir Rowland les lui tendit.

— Marron d'Inde, dinde aux marrons, lui lança-t-elle. Excellent, il faut que je m'en souvienne.

Avec un autre rire tonitruant, elle disparut par la porte-fenêtre.

Hugo la regarda partir, puis se tourna vers Clarissa et sir Rowland.

— Comment diable Henry supporte-t-il cette femme ? s'interrogea-t-il à voix haute.

— Il se trouve qu'il la supporte très difficilement, répondit Clarissa.

Elle prit le livre de Pippa sur la chauffeuse, le posa sur la table et s'effondra sur le siège tandis que Hugo répondait :

— Ça ne m'étonne guère. Elle est tellement condescendante ! Et ces manières de joyeuse écolière !

— Un problème de croissance interrompue, j'en ai bien peur, ajouta sir Rowland en secouant la tête.

Clarissa sourit.

— Je reconnais qu'elle est exaspérante, mais c'est

une très bonne jardinière et, comme je ne cesse de le répéter à tout le monde, elle est incluse dans la maison, et comme la maison est incroyablement bon marché...

— Bon marché? Vraiment? l'interrompit Hugo. Vous m'étonnez.

— Merveilleusement bon marché, répondit Clarissa. Il y avait une annonce. Nous sommes venus, nous l'avons vue, et nous l'avons prise sur-le-champ pour six mois, meublée.

— À qui appartient-elle? demanda sir Rowland.

— Elle appartenait à un certain Mr Sellon. Mais il est mort. Il était antiquaire à Maidstone.

— Ah, oui! s'exclama Hugo. C'est juste. Sellon and Brown. J'ai acheté un très beau miroir chippendale à leur magasin de Maidstone. Sellon vivait ici, à la campagne, et allait à Maidstone tous les jours, mais je crois qu'il amenait parfois des clients ici pour leur montrer les objets qu'il gardait dans la maison.

— Remarquez bien, leur dit Clarissa, que cette maison a un ou deux inconvénients. Hier encore, un homme en costume à carreaux criard est arrivé en voiture de sport et a voulu acheter ce bureau. (Elle indiqua le bureau en question.) Je lui ai dit qu'il n'était pas à nous, et que par conséquent nous ne pouvions pas le vendre, mais il a simplement refusé de me croire et a continué à me faire des offres de plus en plus élevées. Il est allé jusqu'à cinq cents livres, au bout du compte.

— Cinq cents livres! s'exclama sir Rowland, l'air réellement interloqué. (Il s'approcha du bureau.) Seigneur! Enfin, même à la foire aux antiquités, je n'aurais jamais cru qu'il pouvait rapporter une telle somme. C'est un meuble assez plaisant, mais il n'a sûrement pas de valeur particulière.

Hugo le rejoignit près du bureau, tandis que Pippa revenait dans la pièce.

— J'ai encore faim, se plaignit-elle.

— C'est impossible, lui dit fermement Clarissa.

— Mais si, insista la fillette. Du lait, des biscuits au chocolat et une banane, ce n'est pas vraiment bourratif.

Elle se dirigea vers le fauteuil et s'y jeta.

Sir Rowland et Hugo contemplaient toujours le bureau.

— Il est vrai que c'est un beau bureau, observa sir Rowland. Parfaitement authentique, j'imagine, mais pas ce que j'appellerais une pièce de collection. Tu n'es pas de mon avis, Hugo ?

— Si, mais peut-être qu'il y a un tiroir secret avec un collier de diamants dedans, suggéra facétieusement Hugo.

— Il y a un tiroir secret, en tout cas, intervint Pippa.

— Quoi ? s'exclama Clarissa.

— J'ai trouvé un livre au marché, sur les tiroirs secrets dans les vieux meubles, expliqua Pippa. Alors j'ai essayé de regarder les bureaux et autres dans toute la maison. Mais celui-là est le seul qui a un tiroir secret. (Elle se leva du fauteuil.) Regardez, les invita-t-elle. Je vais vous montrer.

Elle s'approcha du bureau et ouvrit un des casiers. Tandis que Clarissa venait se pencher au-dessus du canapé pour l'observer, Pippa glissa la main dans le casier.

— Vous voyez, dit-elle, vous tirez cette partie, et il y a une sorte de petit loquet en dessous.

— Hum ! grogna Hugo. Je ne trouve pas ça très secret.

— Ah, mais ce n'est pas tout ! continua Pippa. Vous pressez ce truc en dessous et un petit tiroir en sort. (Une fois de plus, elle joignit le geste à la parole, et un petit tiroir sortit du bureau.) Vous voyez ?

Hugo prit le tiroir et en tira un petit bout de papier.

— Tiens, dit-il. Qu'est-ce que c'est, je me demande ? (Il lut à voix haute :) « Flûte à celui qui le lira. »

— Quoi ! s'exclama sir Rowland, et Pippa partit d'un grand éclat de rire.

Les autres l'imitèrent, et sir Rowland secoua gentiment la fillette, qui fit semblant de lui donner un coup de poing en retour et fanfaronna :

— C'est moi qui l'ai mis dedans !

— Petite crapule ! dit sir Rowland en lui ébouriffant les cheveux. Tu deviens pire que Clarissa avec tes farces stupides.

— En fait, leur dit Pippa, il y avait une enveloppe avec un autographe de la reine Victoria dedans. Regardez, je vais vous montrer.

Elle fonça vers les étagères, tandis que Clarissa allait au bureau, replaçait les tiroirs, et refermait le casier.

Devant les étagères, Pippa ouvrit une petite boîte posée sur l'une des plus basses, en sortit une vieille enveloppe contenant trois morceaux de papier, et les étala devant l'assistance.

— Tu collectionnes les autographes, Pippa? lui demanda sir Rowland.

— Pas vraiment. Juste de temps en temps.

Elle tendit un des morceaux de papier à Hugo, qui y jeta un bref coup d'œil et le passa à sir Rowland.

— Il y a une fille à l'école qui collectionne les timbres, et son frère a aussi une collection géniale. À l'automne dernier, il a cru qu'il en avait trouvé un comme celui qu'il avait vu dans le journal, un truc suédois qui valait des centaines de livres. (Tout en parlant, elle tendit les deux autographes restants et l'enveloppe à Hugo, qui les passa à sir Rowland.) Le frère de ma copine était tout excité, continua Pippa, et il a emporté le timbre chez un marchand. Mais le marchand a dit que ce n'était pas ce qu'il croyait, même si c'était un bon timbre. En tout cas, il lui a donné cinq livres pour le timbre.

Sir Rowland rendit deux des autographes à Hugo, qui les passa à Pippa.

— Cinq livres, c'est pas mal, hein? lui demanda Pippa, et Hugo grogna affirmativement.

La fillette baissa les yeux vers les autographes.

— Combien peut valoir l'autographe de la reine Victoria, d'après vous? se demanda-t-elle tout haut.

— Environ cinq à dix shillings, à mon avis, répondit sir Rowland en examinant l'enveloppe qu'il avait encore à la main.

— Il y a celui de John Ruskin, et de Robert Browning, aussi, leur dit Pippa.

— Ils ne valent pas grand-chose non plus, j'en ai peur, dit sir Rowland en tendant l'autographe restant et l'enveloppe à Hugo, qui les passa à Pippa, tout en murmurant d'un air compatissant :

— Désolé, ma chérie. Tu n'es pas près de faire fortune, pas vrai ?

— Si seulement j'avais ceux de Neville Duke et de Roger Bannister, murmura Pippa, mélancolique. Ces trucs historiques sont plutôt moisis, j'ai l'impression. (Elle replaça l'enveloppe et les autographes dans la boîte, puis se mit à reculer en direction de la porte du hall.) Je peux aller voir s'il reste des biscuits au chocolat dans le garde-manger, Clarissa ? demanda-t-elle, pleine d'espoir.

— Oui, si tu veux, répondit Clarissa en souriant.

— Il faut qu'on y aille, dit Hugo, qui suivit Pippa à la porte et lança dans l'escalier : « Jeremy ! Hé ! Jeremy ! »

— J'arrive ! cria Jeremy en dévalant l'escalier, un club de golf à la main.

— Henry ne devrait pas tarder à rentrer, murmura Clarissa, pour elle-même autant que pour les autres.

Hugo traversa la pièce en direction de la porte-fenêtre, et lança à Jeremy :

— Mieux vaut sortir par ici. C'est plus près ! (Il se retourna vers Clarissa.) Bonne nuit, Clarissa chérie. Merci de nous avoir supportés. Je rentrerai sans doute directement du club, mais je te promets de te renvoyer tes invités du week-end en un seul morceau.

— Bonne nuit, Clarissa, répéta Jeremy, qui suivit Hugo dans le jardin.

Clarissa leur adressa un signe d'adieu, tandis que sir Rowland s'approchait d'elle et lui passait un bras autour des épaules.

— Bonne nuit, ma chérie, dit-il. Warrender et moi ne rentrerons sans doute pas avant minuit.

Clarissa l'accompagna jusqu'à la porte-fenêtre.

— C'est vraiment une soirée magnifique, remarqua-t-elle. Je vais aller avec toi jusqu'à la grille qui donne sur le terrain de golf.

Ils traversèrent le jardin ensemble, sans chercher à rattraper Hugo et Jeremy.

— À quelle heure Henry doit-il rentrer ? demanda sir Rowland.

— Oh, je ne sais pas trop. C'est variable. Très bientôt, j'imagine. En tout cas, nous passerons la soirée tranquillement ensemble, nous prendrons un repas froid, et nous serons probablement au lit quand vous rentrerez, Jeremy et toi.

— Oui, ne nous attends pas, pour l'amour du Ciel ! lui enjoignit sir Rowland.

Ils continuèrent à marcher dans un silence amical jusqu'à la grille du jardin.

— Très bien, chéri, à bientôt, ou sans doute à demain pour le petit déjeuner, dit Clarissa.

Sir Rowland l'embrassa affectueusement sur la joue, et repartit d'un bon pas pour rattraper ses compagnons, tandis que Clarissa retournait vers la maison. C'était une soirée agréable, et elle marchait lentement, s'arrêtant pour profiter de la vue et des parfums du jardin, en laissant ses pensées vagabonder. Elle rit toute seule comme l'image de miss Peake et de ses brocolis lui traversait l'esprit, puis se surprit à sourire en pensant à Jeremy et à sa tentative maladroite de lui faire la cour. Elle se demanda vaguement s'il était vraiment sérieux à ce propos. En approchant de la maison, elle se mit à envisager comment elle allait affronter la visite imminente du Premier ministre soviétique, ou elle ne savait plus trop qui.

5

Clarissa et sir Rowland étaient partis depuis à peine plus de quelques minutes quand Elgin, le majordome, entra dans la pièce depuis le hall, portant un plateau de boissons qu'il plaça sur une table. On sonna à la porte, et il alla ouvrir. Un homme d'une beauté théâtrale, aux cheveux noirs, se tenait dehors.

— Bonsoir, monsieur, le salua Elgin.

— Bonsoir, je suis venu voir Mrs Brown, lui dit l'homme avec une certaine brusquerie.

— Oh oui, monsieur, veuillez entrer. (Fermant la porte derrière l'homme, Elgin demanda :) Qui dois-je annoncer, monsieur?

— Mr Costello.

— Par ici, monsieur.

Elgin le précéda dans le hall. Il s'écarta pour permettre au nouveau venu d'entrer dans le salon, puis déclara :

— Si vous voulez bien attendre ici, monsieur. Madame est chez elle. Je vais voir si je peux la trouver.

Il fit mine de s'éloigner, puis s'arrêta et se retourna vers le visiteur.

— Mr Costello, avez-vous dit ?

— C'est cela, répondit l'inconnu. Oliver Costello.

— Très bien, monsieur, murmura Elgin en quittant la pièce, et il referma la porte derrière lui.

Demeuré seul, Oliver Costello parcourut la pièce du regard, la traversa pour écouter d'abord à la porte de la bibliothèque puis à celle du hall, puis s'approcha du bureau, se pencha, et examina attentivement les tiroirs. Entendant un bruit, il s'écarta vivement du bureau, et se tenait au centre de la pièce quand Clarissa entra par la porte-fenêtre.

Costello se retourna. Quand il vit de qui il s'agissait, il eut l'air stupéfait.

Ce fut Clarissa qui parla la première. L'air extrêmement surprise, elle hoqueta :

— Vous ?

— Clarissa ! Qu'est-ce que vous faites ici ? s'exclama Costello.

Il paraissait tout aussi surpris.

— C'est une question plutôt idiote, non ? répliqua Clarissa. Je suis chez moi.

— Ici, chez vous ?

Sa voix était incrédule.

— Ne faites pas comme si vous ne le saviez pas, dit sèchement Clarissa.

Costello la regarda fixement sans parler pendant un court instant. Puis, changeant complètement d'attitude, il observa :

— Quelle maison charmante. Elle appartenait autrefois au vieux je ne sais qui, l'antiquaire, n'est-ce pas ? Je me souviens qu'il m'a un jour amené ici pour me montrer des fauteuils Louis XV. (Il sortit de sa poche un étui à cigarettes.) Cigarette ?

— Non, merci, répondit Clarissa d'un ton sec. Et je crois que vous feriez mieux de partir. Mon mari ne va pas tarder à rentrer, et je ne crois pas qu'il sera ravi de vous voir.

Costello répondit avec un amusement assez insolent :

— Mais je tiens particulièrement à le voir. C'est pour cela que je suis venu, en fait, pour discuter d'un arrangement convenable.

— Arrangement ? demanda Clarissa, l'air perplexe.

— Arrangement pour Pippa. Miranda serait tout à fait d'accord pour que Pippa passe une partie des vacances d'été avec Henry, et peut-être une semaine à Noël. Mais en dehors de cela...

Clarissa l'interrompit brusquement.

— Que voulez-vous dire ? demanda-t-elle. Le foyer de Pippa est ici.

Costello se dirigea nonchalamment vers la table sur laquelle étaient posés les verres.

— Mais ma chère Clarissa ! s'exclama-t-il, vous devez bien savoir que le tribunal a confié à Miranda la garde de l'enfant ? (Il prit une bouteille de whisky.) Je peux ? et, sans attendre la réponse, se servit un verre. L'affaire n'a pas été contestée, vous vous souvenez ?

Clarissa se plaça agressivement face à lui.

— Henry n'a autorisé Miranda à divorcer de lui, déclara-t-elle en énonçant clairement ses mots, qu'une fois qu'il a été convenu entre eux, en privé, que Pippa vivrait avec son père. Si Miranda n'avait pas accepté cela, c'est Henry qui aurait divorcé d'elle.

Costello eut un rire qui frisait la raillerie.

— Vous ne connaissez pas très bien Miranda, n'est-ce pas ? Elle change si souvent d'avis.

Clarissa se détourna de lui.

— Je ne crois pas un seul instant, dit-elle avec mépris, que Miranda veuille de cette enfant ou même se préoccupe d'elle le moins du monde.

— Mais vous n'êtes pas mère, ma chère Clarissa, répondit Costello avec impertinence. Cela ne vous ennuie pas que je vous appelle Clarissa, si ? continua-t-il, avec un autre sourire déplaisant. Après tout, maintenant que Miranda et moi sommes mariés, nous sommes pratiquement de la même famille par alliance.

Il avala son verre d'un trait et le reposa.

— Oui, je peux vous l'assurer, continua-t-il, Miranda éprouve maintenant de violents sentiments maternels. Elle considère qu'il faut que Pippa vive avec nous la plupart du temps.

— Je refuse de le croire, lâcha Clarissa.

— Comme vous voudrez. (Costello s'installa confortablement dans le fauteuil.) Mais il est inutile d'essayer de le contester. Après tout, il n'y a pas eu d'arrangement écrit, vous savez.

— Vous n'aurez pas Pippa, lui répondit fermement Clarissa. Cette enfant était dans un état nerveux épouvantable quand elle est venue vivre avec nous. Elle va beaucoup mieux à présent, et elle est heureuse à l'école, et elle va continuer à vivre ainsi.

— Comment y parviendrez-vous, ma chère ? ricana Costello. La loi est de notre côté.

— Qu'y a-t-il derrière tout ça ? lui demanda Clarissa, l'air perplexe. Pippa vous est indifférente. Que cherchez-vous vraiment ? (Elle s'interrompit, puis se frappa le front.) Oh ! Quelle idiote je fais ! Bien sûr, c'est du chantage !

Costello était sur le point de répondre, quand Elgin apparut.

— Je vous cherchais, madame. Cela pose-t-il un problème si Mrs Elgin et moi-même vous laissons maintenant pour la soirée, madame ?

— Non, aucun, Elgin, répondit Clarissa.

— Le taxi est venu nous chercher, expliqua le majordome. Le dîner est servi dans la salle à manger. (Il allait partir, mais se retourna vers Clarissa.) Voulez-vous que je ferme ici, madame ? demanda-t-il tout en gardant un œil sur Costello.

— Non, je vais m'en occuper, l'assura Clarissa. Mrs Elgin et vous pouvez prendre votre soirée tout de suite.

— Merci, madame, dit Elgin. (Il se retourna à la porte du hall pour dire :) Bonsoir, madame.

— Bonsoir, Elgin, répondit Clarissa.

Costello attendit que le majordome ait refermé la porte derrière lui avant de reprendre la parole.

— Chantage est un mot très laid, Clarissa, lui fit-il remarquer avec un certain manque d'originalité. Vous devriez faire un peu plus attention avant d'accuser les gens à tort. Ai-je parlé d'argent à aucun moment ?

— Pas encore, répondit Clarissa. Mais c'est ce que vous voulez dire, n'est-ce pas ?

Costello haussa les épaules et écarta les bras avec un geste expressif.

— Il est vrai que nous ne sommes pas très riches, reconnut-il. Miranda a toujours été très extravagante, comme vous le savez sans doute. Je crois qu'elle pense qu'Henry pourrait peut-être rétablir sa pension. Après tout, c'est un homme riche.

Clarissa s'approcha de Costello et se planta face à lui.

— Écoutez-moi bien, ordonna-t-elle. Je ne sais pas ce qu'en pense Henry, mais je sais ce que j'en pense, moi. Essayez de sortir Pippa d'ici, et je vous combattrai bec et ongles. (Elle marqua une pause, puis ajouta :) Et toutes les armes seront permises.

Apparemment insensible à cet éclat, Costello gloussa, mais Clarissa reprit :

— Il ne devrait pas être difficile de trouver des preuves médicales du fait que Miranda est une toxicomane. J'irais même à Scotland Yard parler à la brigade des stupéfiants, et je leur suggérerais de vous tenir à l'œil, vous aussi.

Costello sursauta.

— Henry, avec sa droiture, n'appréciera pas beaucoup vos méthodes, l'avertit-il.

— Alors Henry devra faire avec, rétorqua-t-elle férocement. C'est l'enfant qui compte. Je ne vous laisserai pas tourmenter ou effrayer Pippa.

À cet instant, Pippa entra dans la pièce. En voyant Costello, elle s'arrêta net, l'air terrifié.

— Tiens, bonjour, Pippa, lança Costello. Comme tu as grandi.

Pippa recula en le voyant s'approcher d'elle.

— Je suis juste venu prendre des dispositions à ton propos, lui dit-il. Ta mère sera ravie de t'avoir de nouveau avec elle. Elle et moi sommes mariés, à présent, et...

— Je ne viendrai pas ! cria hystériquement Pippa en courant se réfugier auprès de Clarissa. Je ne viendrai pas. Clarissa, ils ne peuvent pas me forcer, n'est-ce pas ? Ils n'iraient pas...

— Ne t'inquiète pas, Pippa chérie, la rassura Clarissa, en l'entourant de son bras. Ton foyer est ici, avec ton père et moi, et tu ne vas pas le quitter.

— Mais je vous assure... commença Costello, immédiatement interrompu par Clarissa, furieuse.

— Sortez immédiatement d'ici ! ordonna-t-elle.

En faisant mine d'être effrayé par elle, Costello posa les mains sur sa tête, et recula.

— Immédiatement ! répéta Clarissa. (Elle avança sur lui.) Je ne veux pas de vous dans ma maison, vous m'entendez ?

Miss Peake apparut à la porte-fenêtre, portant une grande fourche à la main.

— Oh, Mrs Hailsham-Brown, commença-t-elle, je...

— Miss Peake, l'interrompit Clarissa. Voulez-vous montrer le chemin à Mr Costello, par le jardin, jusqu'à la grille donnant sur le golf?

Costello regarda miss Peake, qui leva sa fourche en lui rendant son regard.

— Miss... Peake? interrogea-t-il.

— Enchantée, répondit-elle avec force. C'est moi qui m'occupe du jardin, ici.

— En effet, oui, dit Costello. Je suis déjà venu une fois, vous vous en souvenez peut-être, pour jeter un coup d'œil sur des meubles anciens.

— Ah oui! répondit miss Peake. À l'époque de Mr Sellon. Mais vous ne pourrez pas le voir aujourd'hui, vous savez. Il est mort.

— Non, je ne suis pas venu le voir, déclara Costello. Je suis venu voir... Mrs Brown.

Il insista légèrement sur le nom.

— Ah oui? Vraiment? Eh bien, vous l'avez vue maintenant.

Elle semblait se rendre compte que le visiteur s'était rendu indésirable.

Costello se tourna vers Clarissa.

— Au revoir, Clarissa. Vous aurez de mes nouvelles, vous savez.

Ses paroles ressemblaient presque à une menace.

— Par ici, lui indiqua miss Peake avec un geste vers la porte-fenêtre.

Elle le suivit dehors, en lui demandant :

— Vous voulez prendre le car, ou vous êtes venu en voiture ?

— J'ai laissé ma voiture près des écuries, l'informa Costello tandis qu'ils traversaient le jardin.

6

Dès qu'Oliver Costello fut sorti avec miss Peake, Pippa fondit en larmes.

— Il va m'emmener loin d'ici ! s'écria-t-elle en sanglotant amèrement et en s'accrochant à Clarissa.

— Non, il ne le fera pas, l'assura Clarissa, mais la seule réaction de Pippa fut de crier :

— Je le déteste ! Je l'ai toujours détesté !

Craignant que la fillette ne soit au bord de la crise d'hystérie, Clarissa s'adressa à elle d'un ton sec :

— Pippa !

Pippa s'écarta d'elle.

— Je ne veux pas retourner chez ma mère ! Je préfère mourir ! hurla-t-elle. Je préfère encore mourir. Je le tuerai.

— Pippa ! l'admonesta Clarissa.

L'enfant paraissait à présent complètement hystérique.

— Je me tuerai! s'écria-t-elle. Je m'ouvrirai les veines et je perdrai tout mon sang.

Clarissa la saisit par les épaules.

— Pippa, contrôle-toi, ordonna-t-elle. Tout va bien, te dis-je. Je suis là.

— Mais je ne veux pas retourner chez maman, et je déteste Oliver! s'exclama la fillette, désespérée. Il est méchant, méchant, méchant!

— Oui, chérie, je sais. Je sais, murmura Clarissa d'un ton apaisant.

— Mais non, tu ne sais pas. (Pippa semblait maintenant encore plus désespérée.) Je ne t'ai pas tout dit quand je suis venue vivre ici. Je ne pouvais pas supporter d'en parler. Mais ce n'était pas seulement que Miranda était si méchante et ivre ou je ne sais quoi, tout le temps. Un soir, alors qu'elle était sortie je ne sais où, et qu'Oliver était à la maison avec moi — je crois qu'il avait beaucoup bu — je ne sais pas mais...

Elle s'interrompit, et pendant un moment parut incapable de continuer. Puis, s'obligeant à reprendre, elle baissa les yeux vers le sol et marmonna indistinctement :

— Il a essayé de me faire des choses.

Clarissa eut l'air horrifié.

— Pippa, que veux-tu dire? demanda-t-elle. Qu'est-ce que tu essaies de me dire?

Pippa regarda désespérément autour d'elle, comme cherchant quelqu'un d'autre qui puisse prononcer les mots à sa place.

— Il... il a essayé de m'embrasser, et comme je le repoussais, il m'a attrapée, et s'est mis à arracher ma robe. Et puis il...

Elle s'arrêta brusquement, et éclata en sanglots.

— Oh, ma pauvre chérie ! murmura Clarissa en attirant l'enfant contre elle. Essaie de ne plus y penser. C'est fini, et rien de tel ne t'arrivera plus jamais. Je ferai en sorte qu'Oliver soit puni pour ça. Quelle bête immonde. Il ne s'en sortira pas comme ça.

L'humeur de Pippa changea soudain. Sa voix contenait maintenant une note d'espoir, car une nouvelle idée lui vint apparemment à l'esprit.

— Peut-être qu'il sera frappé par la foudre, songea-t-elle à voix haute.

— C'est très probable, convint Clarissa. Très probable. (Elle avait une expression sombre et déterminée.) Maintenant, ressaisis-toi, Pippa, pressa-t-elle. Tout va très bien. (Elle sortit un mouchoir de sa poche.) Tiens, mouche-toi.

La fillette fit ce qu'on lui demandait, puis se servit du mouchoir pour essuyer ses larmes sur la robe de Clarissa.

Clarissa réussit à s'arracher un rire en voyant cela.

— Et maintenant, monte prendre ton bain, ordonna-t-elle en faisant pivoter Pippa vers la porte du hall. Fais attention de bien te laver, ta nuque est absolument crasseuse.

Pippa sembla revenir à la normale.

— Elle l'est toujours, répondit-elle en allant à la porte. (Mais comme elle était sur le point de sortir, elle se retourna brusquement et courut jusqu'à Clarissa.)

Tu ne le laisseras pas m'emmener, n'est-ce pas? supplia-t-elle.

— Il devra d'abord me tuer, répondit Clarissa avec détermination. (Puis elle se corrigea :) Non, c'est moi qui le tuerai, lui. Voilà! Tu es satisfaite?

Pippa hocha la tête, et Clarissa l'embrassa sur le front.

— Allez, file, ordonna-t-elle.

L'enfant serra une dernière fois sa belle-mère dans ses bras, et sortit. Clarissa resta un moment plongée dans ses pensées, puis, remarquant que la pièce était devenue plutôt sombre, alluma l'éclairage indirect. Elle alla à la porte-fenêtre et la ferma, puis s'assit sur le canapé, le regard fixé devant elle, apparemment perdue dans ses pensées.

Une minute ou deux à peine s'étaient écoulées quand, entendant claquer la porte d'entrée, elle lança un regard plein d'espoir vers la porte du hall par laquelle, un instant plus tard, son mari, Henry Hailsham-Brown, entra. C'était un très bel homme d'une quarantaine d'années, au visage presque sans expression, portant des lunettes à monture d'écaille et tenant une mallette à la main.

— Bonsoir, chérie! lança Henry à son épouse, allumant les appliques murales et posant sa mallette sur le fauteuil.

— Bonsoir, Henry. Quelle journée absolument épouvantable, n'est-ce pas?

— Ah bon?

Il traversa la pièce pour se pencher par-dessus le dossier du canapé et l'embrasser.

— Je ne sais pas trop par où commencer, lui dit-elle. Prends d'abord un verre.

— Pas tout de suite, répondit Henry en allant à la porte-fenêtre dont il ferma les rideaux. Qui est dans la maison ?

Légèrement surprise par cette question, Clarissa répondit :

— Personne. C'est la soirée de congé des Elgin. Jeudi noir, tu sais. Nous aurons du jambon froid, de la mousse au chocolat, et le café sera vraiment bon parce que c'est moi qui vais le faire.

Un « Hmm ? » interrogatif fut la seule réaction d'Henry.

Frappée par son comportement, Clarissa demanda :

— Henry, quelque chose te préoccupe ?

— Eh bien, oui, plus ou moins.

— Qu'est-ce qui ne va pas ? s'enquit-elle. C'est Miranda ?

— Non, non, tout va bien, en fait, l'assura Henry. Bien au contraire, devrais-je dire. Oui, bien au contraire.

— Chéri, dit Clarissa affectueusement et avec juste une pointe de moquerie, percevrais-je derrière cette impénétrable façade du Foreign Office une certaine excitation humaine ?

Henry avait l'air de se réjouir d'avance.

— Eh bien, reconnut-il, c'est assez excitant, oui, dans un sens. (Il marqua une pause, puis ajouta :) Il se trouve, en fait, qu'il y a un peu de brouillard à Londres.

— Et c'est très excitant ?

— Non, non, pas le brouillard, évidemment.

— Alors? le pressa Clarissa.

Henry regarda vivement autour de lui, comme pour s'assurer qu'on ne risquait pas de l'entendre, puis traversa la pièce pour venir s'asseoir sur le canapé à côté de Clarissa.

— Il faut que tu gardes ça pour toi, dit-il sévèrement, d'une voix très grave.

— Oui? dit-elle pour l'encourager, pleine d'espoir.

— C'est vraiment très secret, réitéra Henry. Personne n'est censé le savoir. Mais en fait, il faut que tu le saches.

— Bon, vas-y, dis-le-moi, le pressa-t-elle.

Henry regarda de nouveau autour de lui, puis se tourna vers Clarissa.

— Tout ça est extrêmement confidentiel, insista-t-il. (Il marqua une pause pour préparer son effet, puis annonça :) Le Premier ministre soviétique, Kalendorff, arrive à Londres demain, en avion, pour une importante conférence avec le Premier ministre.

Clarissa n'était guère impressionnée.

— Oui, je sais.

Henry eut l'air étonné.

— Comment ça, tu sais? demanda-t-il.

— Je l'ai lu dans le journal dimanche dernier, l'informa Clarissa d'un ton détaché.

— Je ne vois vraiment pas pourquoi tu lis ces journaux à quatre sous! s'exclama Henry, indigné.

Il semblait vraiment contrarié.

— Quoi qu'il en soit, continua-t-il, les journaux n'ont pas pu savoir que Kalendorff allait venir. C'est top secret.

— Mon pauvre chéri, murmura Clarissa. (Puis d'une voix où la compassion se mêlait à l'incrédulité, elle reprit :) Mais top secret ? Franchement ! Ce que vous n'allez pas croire, vous autres grosses légumes.

Henry se leva et se mit à faire les cent pas dans la pièce, l'air nettement inquiet.

— Mon Dieu, il a dû y avoir une fuite ! marmonna-t-il.

— J'aurais cru, remarqua Clarissa d'un ton acerbe, que tu savais, depuis le temps, qu'il y a toujours une fuite. En fait, j'aurais cru que vous étiez tous prêts à cette éventualité.

Henry eut l'air quelque peu offensé.

— La nouvelle n'a été officielle que ce soir, lui dit-il. L'avion de Kalendorff arrive à Heathrow à 20 h 40, mais en fait… (Il se pencha au-dessus du canapé et adressa un regard soupçonneux à sa femme.) Bon, Clarissa, demanda-t-il avec solennité, puis-je vraiment compter sur ta discrétion ?

— Je suis bien plus discrète que n'importe quel journal du dimanche, protesta Clarissa en ôtant ses pieds du canapé et en se redressant.

Henry s'assit sur un bras du canapé et se pencha vers Clarissa avec des airs de conspirateur.

— La conférence se tiendra à Whitehall demain, mais ce serait un grand avantage si une conversation pouvait avoir lieu d'abord entre sir John lui-même et Kalendorff. Mais naturellement, les journalistes attendent tous à Heathrow, et dès l'instant où l'avion se posera, les mouvements de Kalendorff seront plus ou moins de notoriété publique.

Il regarda de nouveau autour de lui, comme s'il s'attendait à voir des messieurs de la presse regarder par-dessus son épaule, et continua, d'un ton de plus en plus excité :

— Heureusement, ce début de brouillard joue en notre faveur.

— Continue, l'encouragea Clarissa. Je suis fascinée, jusque-là.

— Au dernier moment, l'avion jugera bon de ne pas atterrir à Heathrow. Il sera redirigé, comme il est d'usage en de telles occasions...

— Vers Bindley Heath, l'interrompit Clarissa. Ce n'est qu'à vingt-cinq kilomètres d'ici. Je vois.

— Tu es toujours très rapide, chère Clarissa, commenta Henry d'un air désapprobateur. Mais en effet, je vais aller maintenant à l'aérodrome en voiture, accueillir Kalendorff, et l'amener ici. Le Premier ministre viendra directement ici depuis Downing Street. Une demi-heure leur suffira largement pour ce qu'ils ont à discuter, et puis Kalendorff se rendra à Londres avec sir John.

Henry marqua une pause. Il se leva et s'écarta de quelques pas, avant de se retourner pour lui dire :

— Tu sais, Clarissa, cela peut être très important pour ma carrière. Tu comprends, ils font preuve d'une grande confiance envers moi, en organisant cette rencontre ici.

— C'est bien normal, répondit fermement Clarissa qui s'approcha de son mari et l'entoura de ses bras. Henry chéri ! s'exclama-t-elle, je trouve tout ça merveilleux !

— À propos, l'informa solennellement Henry, Kalendorff ne sera mentionné que sous le nom de Mr Jones.

— Mr Jones ?

Clarissa essayait, sans y réussir complètement, d'empêcher sa voix de prendre un ton d'incrédulité amusée.

— C'est exact, expliqua Henry, on n'est jamais assez prudent, mieux vaut ne pas employer son vrai nom.

— Oui... mais... Mr Jones ? Ils n'auraient pas pu trouver quelque chose de mieux ? (Elle secoua la tête d'un air dubitatif, puis reprit :) Soit dit en passant, que dois-je faire ? Me retirer dans le harem, pour ainsi dire, ou apporter les boissons, leur adresser un mot de bienvenue et m'effacer discrètement ?

Henry considéra sa femme avec un certain malaise et l'admonesta :

— Il faut que tu prennes cette affaire au sérieux, Clarissa.

— Mais Henry chéri, ne puis-je pas le prendre au sérieux et m'amuser quand même un peu ?

Henry accorda à sa question un instant de réflexion, avant de répondre gravement :

— Je crois qu'il vaudrait peut-être mieux, Clarissa, que tu n'apparaisses pas.

Clarissa ne parut pas contrariée.

— Très bien, mais la nourriture ? Voudront-ils manger quelque chose ?

— Oh non ! dit Henry. Il n'est pas question de repas.

— Quelques sandwiches, à mon avis, suggéra Clarissa. (Elle s'assit sur le bras du canapé, et continua :)

Des sandwiches au jambon, ce serait le mieux. Dans une serviette, pour qu'ils ne sèchent pas. Et du café chaud, dans une bouteille thermos. Oui, ce sera très bien. La mousse au chocolat, je l'emporterai dans ma chambre pour me consoler d'être exclue de la conférence.

— Enfin, Clarissa... commença Henry, désapprobateur, mais il fut interrompu par sa femme, qui se leva et lui passa les bras autour du cou.

— Chéri, je suis sérieuse, vraiment. Tout se passera bien. J'y veillerai.

Elle l'embrassa affectueusement.

Henry se dégagea avec douceur de son étreinte.

— Et ce vieux Roly? demanda-t-il.

— Jeremy et lui dînent au pavillon du club avec Hugo. Ils vont jouer au bridge après, de sorte que Roly et Jeremy ne rentreront pas avant minuit.

— Et les Elgin sont sortis? lui demanda Henry.

— Chéri, tu sais bien qu'ils vont toujours au cinéma le jeudi, lui rappela Clarissa. Ils ne seront pas de retour avant 11 heures passées.

Henry sembla satisfait.

— Bien! s'exclama-t-il. Tout cela est très satisfaisant. Sir John et Mr... euh...

— Jones, souffla Clarissa.

— Tout à fait, chérie. Mr Jones et le Premier ministre seront partis bien avant. (Henry consulta sa montre.) Bon, je ferais mieux de prendre une douche rapide avant de partir à Bindley Heath.

— Et je ferais mieux d'aller préparer les sandwiches au jambon, dit Clarissa qui fila vers l'entrée.

Ramassant sa mallette, Henry lança derrière elle :

— Tu ne dois pas oublier la lumière, Clarissa. (Il alla à la porte et éteignit l'éclairage indirect.) Nous fabriquons nous-mêmes l'électricité ici, et ça coûte de l'argent. (Il éteignit aussi les appliques murales.) Ce n'est pas comme à Londres, tu sais.

Après un dernier regard à la pièce, qui était maintenant dans l'obscurité à part un faible halo de lumière en provenance de la porte du hall, Henry hocha la tête et sortit, fermant la porte derrière lui.

7

Au club de golf, Hugo se plaignait avec insistance du comportement de Clarissa lorsqu'elle leur avait fait goûter le porto.

— Franchement, elle devrait cesser de jouer à ces petits jeux, vous savez, dit-il tandis qu'ils se dirigeaient vers le bar. Tu te souviens, Roly, du jour où j'ai reçu ce télégramme de Whitehall me disant qu'on allait m'offrir un titre de chevalier sur la prochaine liste des Honneurs ? Ce n'est que quand j'en ai parlé confidentiellement à Henry, un soir que je dînais avec eux deux, et qu'Henry est resté perplexe, mais que Clarissa s'est mise à glousser, ce n'est qu'à ce moment-là que j'ai découvert que c'était elle qui avait envoyé ce fichu papier. Elle peut être si puérile, parfois !

Sir Rowland eut un petit rire.

— Oui, effectivement. Et elle adore jouer un rôle. Tu sais, c'était vraiment une excellente actrice au club d'art dramatique de son école. À un moment, j'ai cru qu'elle allait s'y mettre sérieusement et monter sur scène en professionnelle. Elle est si convaincante, même quand elle raconte les pires mensonges. Et c'est ce que sont les acteurs, en fait. Des menteurs convaincants.

Il resta perdu dans ses souvenirs un moment, puis reprit :

— La meilleure amie de Clarissa, à l'école, était une fille nommée Jeanette Collins, dont le père avait été un footballeur célèbre. Et Jeanette elle-même était folle de football. Eh bien, un beau jour, Clarissa a téléphoné à Jeanette en déguisant sa voix, se faisant passer pour le responsable des relations publiques d'une quelconque équipe de football, et lui a dit qu'elle avait été choisie comme nouvelle mascotte de l'équipe, mais qu'il fallait pour cela qu'elle endosse un costume de lapin, et qu'elle se tienne devant le Chelsea Stadium cet après-midi-là pendant que les clients feraient la queue pour entrer.

» Jeanette s'est débrouillée pour louer un costume à temps, et s'est rendue habillée en petit lapin au stade, où elle a été la risée de centaines de gens et s'est fait photographier par Clarissa qui l'avait attendue là. Jeanette était furieuse. Je ne crois pas que leur amitié ait survécu à cela.

— Enfin, grogna Hugo, résigné, qui prit un menu et se mit à consacrer son attention au problème sérieux qu'était le choix de ce qu'ils allaient manger.

Pendant ce temps, dans le salon des Hailsham-Brown, quelques minutes après qu'Henry fut parti prendre sa douche, Oliver Costello entra furtivement dans la pièce déserte par la porte-fenêtre, laissant les rideaux ouverts pour laisser entrer le clair de lune. Il alluma une torche et parcourut prudemment la pièce, puis il alla au bureau et alluma la lampe qui se trouvait dessus. Après avoir soulevé le battant du tiroir secret, il éteignit soudain la lampe et resta immobile un moment, comme s'il avait entendu quelque chose. Apparemment rassuré, il ralluma la lampe de bureau et ouvrit le tiroir secret.

Derrière Costello, le panneau, à côté des étagères, s'ouvrit lentement et silencieusement. Il ferma le tiroir secret du bureau, éteignit à nouveau la lampe, puis se retourna vivement sous l'effet du coup violent qu'il reçut sur la tête, assené par quelqu'un qui se tenait dans l'alcôve. Costello s'écroula immédiatement, tombant derrière le canapé, et le panneau se referma, plus rapidement cette fois.

La pièce resta dans l'obscurité un moment, puis Henry Hailsham-Brown entra par la porte du hall, alluma les appliques et cria : « Clarissa ! » Chaussant ses lunettes, il remplit son étui à cigarettes en se servant dans la boîte posée sur une table près du canapé et Clarissa entra, lançant :

— Me voilà, chéri. Tu veux un sandwich avant de partir ?

— Non, je crois qu'il vaut mieux que j'y aille, répondit Henry en tapotant nerveusement sa veste.

— Mais tu auras des heures d'avance. Il ne te faut pas plus de vingt minutes pour arriver là-bas.

Henry secoua la tête.

— On ne sait jamais. Je pourrais crever un pneu, ou avoir un problème avec la voiture.

— Ne t'affole pas, chéri, le sermonna Clarissa en redressant sa cravate. Tout va se passer comme sur des roulettes.

— Au fait, et Pippa ? demanda anxieusement Henry. Tu es sûre qu'elle ne va pas descendre ou entrer en fanfare pendant que sir John et Kalen... je veux dire Mr Jones parleront en privé ?

— Non, pas de danger, l'assura Clarissa. Je vais monter dans sa chambre, et nous festoierons ensemble. Nous ferons griller les saucisses du petit déjeuner de demain, et nous nous partagerons la mousse au chocolat.

Henry sourit affectueusement à sa femme.

— Tu es très bonne envers Pippa, ma chérie. C'est une des choses pour lesquelles je te suis le plus reconnaissant. (Il marqua une pause, embarrassé, puis reprit :) Je ne sais pas très bien m'exprimer... je... tu sais... tant de souffrances... et maintenant, tout est si différent. Tu...

Prenant Clarissa dans ses bras, il l'embrassa.

Pendant quelques instants, ils restèrent amoureusement enlacés. Puis Clarissa se dégagea avec douceur, mais continua à lui tenir les mains.

— Tu m'as rendue très heureuse, Henry. Et Pippa va s'en sortir. C'est une enfant adorable.

Henry lui sourit affectueusement.

— Et maintenant, va accueillir ton Mr Jones, lui ordonna-t-elle en le poussant vers la porte du hall. Mr Jones, répéta-t-elle. Je pense quand même que c'est ridicule d'avoir choisi ce nom.

Henry était sur le point de quitter la pièce quand Clarissa lui demanda :

— Est-ce que vous allez entrer par la porte principale ? Dois-je la laisser ouverte ?

Il s'arrêta à la porte pour réfléchir.

— Non, dit-il. Je pense que nous entrerons par la porte-fenêtre.

— Tu ferais mieux de mettre ton manteau, Henry. Il fait très froid, conseilla Clarissa tout en le poussant dans le hall. Et peut-être aussi ton cache-nez.

Il prit docilement son manteau accroché dans le hall, et elle le suivit jusqu'à la porte d'entrée avec un dernier conseil.

— Conduis prudemment, chéri, d'accord ?

— Oui, oui ! lança Henry en réponse. Tu sais que je suis toujours prudent.

Clarissa ferma la porte derrière lui et alla dans la cuisine finir de préparer les sandwiches. Comme elle les plaçait sur une assiette, qu'elle enveloppa d'une serviette humide pour les garder au frais, elle ne put s'empêcher de penser à sa récente et déroutante rencontre avec Oliver Costello. Elle fronçait les sourcils lorsqu'elle apporta les sandwiches dans le salon, où elle les posa sur la petite table.

Craignant soudain d'encourir le courroux de miss Peake pour avoir marqué la table, elle reprit vivement l'assiette, frotta sans succès la marque qu'elle avait laissée, et trouva un compromis en la couvrant avec un vase plein de fleurs. Elle transféra l'assiette de sandwiches sur le tabouret, puis prit soin de secouer les coussins du canapé. En chantonnant tranquillement, elle ramassa le livre de Pippa et alla le replacer sur les étagères de l'autre côté de la pièce.

— Un corps peut-il rencontrer un corps, en passant dans...

Elle cessa soudain de chanter et poussa un cri lorsqu'elle trébucha sur Oliver Costello, et faillit tomber.

Clarissa se pencha sur le corps, et reconnut de qui il s'agissait.

— Oliver ! dit-elle dans un souffle.

Elle le contempla, horrifiée, pendant ce qui lui parut une éternité. Puis, convaincue qu'il était mort, elle se redressa vivement et courut vers la porte pour appeler Henry, mais se souvint immédiatement qu'il était parti. Elle retourna vers le corps, puis courut au téléphone, et souleva le combiné. Elle commença à composer un numéro, mais s'arrêta et reposa le combiné. Elle resta à réfléchir un moment, et regarda le panneau caché dans le mur. Prenant une décision rapide, elle jeta un nouveau coup d'œil au panneau, puis se pencha à contrecœur et se mit à traîner le corps vers le passage.

Tandis qu'elle était occupée à cela, le panneau s'ouvrit lentement et Pippa émergea de l'alcôve, portant une robe de chambre par-dessus son pyjama.

— Clarissa ! gémit-elle en se précipitant vers sa belle-mère.

Essayant de s'interposer entre elle et le corps de Costello, Clarissa bouscula un peu Pippa en tentant de la détourner.

— Pippa, supplia-t-elle, ne regarde pas, chérie. Ne regarde pas.

D'une voix étranglée, Pippa s'écria :

— Je ne l'ai pas fait exprès ! Oh, vraiment, je ne l'ai pas fait exprès !

Horrifiée, Clarissa saisit l'enfant par les bras.

— Pippa ! C'était... toi ? dit-elle dans un souffle.

— Il est mort, n'est-ce pas ? Il est complètement mort ? (Sanglotant hystériquement, la fillette s'écria :) Je n'ai... pas fait exprès de le tuer ! Je n'ai pas fait exprès !

— Calme-toi, murmura Clarissa d'un ton apaisant. Tout va bien. Allez, assieds-toi.

Elle conduisit Pippa vers le fauteuil et l'y assit.

— Je ne voulais pas. Je ne voulais pas le tuer ! continuait de crier Pippa.

Clarissa s'agenouilla à côté d'elle.

— Bien sûr que tu ne voulais pas, convint-elle. Maintenant écoute, Pippa...

Comme l'enfant continuait de pleurer, encore plus hystérique, Clarissa cria :

— Pippa, écoute-moi ! Tout va bien se passer. Il faut que tu oublies tout ça. Oublie-le complètement, tu m'entends ?

— Oui, sanglota Pippa, mais... mais je...

— Pippa, continua Clarissa avec plus de force, tu dois me faire confiance et croire ce que je te dis. Tout va bien se passer. Mais il faut que tu sois courageuse, et que tu fasses exactement ce que je te dirai.

Sanglotant toujours hystériquement, Pippa essaya de se détourner.

— Pippa ! cria Clarissa. Tu feras ce que je te dis ? (Elle tira l'enfant face à elle.) Tu le feras ?

— Oui, oui, je le ferai ! cria Pippa en posant la tête sur la poitrine de Clarissa.

— Très bien.

Clarissa adopta un ton consolant et aida la fillette à se lever.

— Maintenant, je veux que tu montes te mettre au lit.

— Viens avec moi, s'il te plaît, implora l'enfant.

— Oui, oui, l'assura Clarissa, je vais monter très bientôt, dès que je pourrai, et je te donnerai un bon petit cachet blanc. Ensuite, tu t'endormiras, et demain matin tout te paraîtra très différent.

Elle baissa les yeux vers le corps, et ajouta :

— Il n'y a peut-être aucune raison de s'inquiéter.

— Mais il est mort... pas vrai ? demanda Pippa.

— Non, non, il n'est peut-être pas mort, répondit évasivement Clarissa. Je vais voir. Maintenant, vas-y, Pippa. Fais ce que je te dis.

Pippa, sanglotant toujours, sortit de la pièce et monta l'escalier en courant. Clarissa la regarda sortir, puis se retourna vers le corps étendu à terre.

— En supposant que je trouve un cadavre dans le salon, que ferais-je ? murmura-t-elle à part elle.

Après être restée un moment plongée dans ses pensées, elle s'exclama avec force :

— Oh, mon Dieu ! qu'est-ce que je vais faire ?

8

Un quart d'heure plus tard, Clarissa était toujours dans le salon, murmurant toute seule. Mais elle s'était affairée entre-temps. Toutes les lumières étaient maintenant allumées, le panneau dans le mur était fermé, et les rideaux avaient été tirés devant la porte-fenêtre ouverte. Le corps d'Oliver Costello était toujours derrière le canapé, mais Clarissa avait déplacé les meubles, et installé une table de bridge pliante au centre de la pièce, avec des cartes et des blocs pour compter les points au bridge, et quatre chaises à dossier droit autour de la table.

Debout devant la table, Clarissa griffonnait des chiffres sur l'un des blocs.

— Trois piques, quatre cœurs, quatre sans atout, passe, marmonna-t-elle en indiquant chaque main tandis qu'elle faisait son appel. Cinq carreaux, passe, six piques — contre — et je crois qu'ils tombent. (Elle s'interrompit un moment, baissant les yeux vers la table, puis reprit :) Voyons, vulnérable à contre, deux plis, cinq cents, à moins que je ne les laisse le faire? Non.

Elle fut interrompue par l'arrivée de sir Rowland, Hugo et le jeune Jeremy, qui entrèrent par la porte-fenêtre. Hugo s'arrêta un instant avant d'entrer dans la pièce, pour refermer un des battants de la porte-fenêtre.

Posant son bloc et son crayon sur la table de bridge, Clarissa se précipita à leur rencontre.

— Dieu merci, vous êtes rentrés! dit-elle à sir Rowland d'une voix extrêmement bouleversée.

— Que se passe-t-il, ma chérie? demanda sir Rowland, inquiet.

Clarissa se tourna pour s'adresser au groupe.

— Mes chéris, s'écria-t-elle, il faut que vous m'aidiez!

Jeremy remarqua la table et les cartes à jouer étalées dessus.

— On dirait une partie de bridge, fit-il gaiement.

— Votre attitude est très mélodramatique, Clarissa, intervint Hugo. Que mijotez-vous, ma jeune dame?

Clarissa agrippa sir Rowland.

— C'est sérieux, insista-t-elle. Terriblement sérieux. Vous allez m'aider, n'est-ce pas?

— Bien sûr que nous t'aiderons, Clarissa, l'assura sir Rowland, mais de quoi s'agit-il?

— Oui, allez, de quoi s'agit-il encore ? demanda Hugo non sans une certaine lassitude.

Jeremy, lui non plus, n'avait pas l'air impressionné.

— Vous mijotez quelque chose, Clarissa. Quoi donc ? Vous avez trouvé un cadavre, ou quoi ?

— Exactement, répondit Clarissa. J'ai trouvé un cadavre.

— Comment ça, trouvé un cadavre ? demanda Hugo.

Il semblait intrigué, mais pas si intéressé que ça.

— C'est exactement ce qu'a dit Jeremy, répondit Clarissa. Je suis entrée ici, et j'ai trouvé un cadavre.

Hugo parcourut la pièce d'un regard rapide.

— Je ne vois pas de quoi vous voulez parler, se plaignit-il. Quel cadavre ? Où ?

— Ce n'est pas un jeu. Je suis sérieuse ! cria Clarissa avec colère. Il est là. Allez voir. Derrière le canapé.

Elle poussa sir Rowland vers le canapé, et s'écarta.

Hugo s'approcha rapidement du canapé. Jeremy le suivit, et se pencha par-dessus le dossier.

— Mon Dieu ! elle a raison, murmura Jeremy.

Sir Rowland les rejoignit. Hugo et lui se penchèrent pour examiner le corps.

— Mais c'est Oliver Costello ! s'exclama sir Rowland.

— Dieu tout-puissant !

Jeremy fila vers la porte-fenêtre et tira les rideaux.

— Oui, dit Clarissa. C'est Oliver Costello.

— Qu'est-ce qu'il faisait ici ? demanda sir Rowland.

— Il est venu ce soir pour discuter de Pippa, répondit Clarissa. C'était juste après votre départ pour le club.

Sir Rowland parut perplexe.

— Que voulait-il à Pippa ?

— Miranda et lui menaçaient de la reprendre. Mais tout ça n'a plus d'importance, à présent. Je vous le raconterai plus tard. Nous devons nous dépêcher. Nous avons très peu de temps.

Sir Rowland leva une main en signe d'avertissement.

— Un petit instant, ordonna-t-il en s'approchant de Clarissa. Il faut que les faits soient bien clairs. Que s'est-il passé quand il est arrivé ?

Clarissa secoua la tête avec impatience.

— Je lui ai dit que Miranda et lui n'auraient pas Pippa, et il est parti.

— Mais il est revenu ?

— Visiblement, dit Clarissa.

— Comment ? demanda sir Rowland. Quand ?

— Je ne sais pas, répondit Clarissa. Je suis entrée dans la pièce, voilà tout, comme je le disais, et je l'ai trouvé, comme ça.

Elle fit un geste en direction du canapé.

— Je vois, dit sir Rowland en retournant près du corps étendu à terre et en se penchant dessus. Je vois. Eh bien, il est tout ce qu'il y a de plus mort. On l'a frappé à la tête avec quelque chose de lourd et d'aigu.

Il parcourut l'assistance du regard.

— Ça ne va pas être une affaire très agréable, j'en ai bien peur, continua-t-il, mais il n'y a qu'une chose à faire. (Il se dirigea vers le téléphone tout en parlant.) Nous devons appeler la police et...

— Non ! s'exclama sèchement Clarissa.

Sir Rowland soulevait déjà le combiné.

— Tu aurais dû le faire tout de suite, Clarissa, lui fit-il remarquer. Enfin, je ne pense pas qu'ils t'en voudront beaucoup de ne pas l'avoir fait.

— Non, Roly, arrête, insista Clarissa.

Elle traversa la pièce en courant, lui prit le combiné, et le replaça sur son support.

— Ma chère enfant... protesta sir Rowland, mais Clarissa ne le laissa pas continuer.

— J'aurais pu appeler la police moi-même si j'avais voulu, reconnut-elle. Je savais pertinemment que c'était ce qu'il y avait de mieux à faire. J'ai même commencé à composer le numéro. Et puis, au lieu de ça, je vous ai appelés au club et vous ai demandé de rentrer ici immédiatement, tous les trois. (Elle se tourna vers Jeremy et Hugo.) Vous ne m'avez même pas encore demandé pourquoi.

— Tu peux te reposer sur nous, l'assura sir Rowland. Nous allons...

Clarissa l'interrompit avec véhémence.

— Tu ne comprends pas du tout, insista-t-elle. Je veux que tu m'aides. Tu m'as dit que tu le ferais si j'avais un jour des ennuis.

Elle se tourna pour inclure les deux autres hommes.

— Mes chéris, il faut que vous m'aidiez.

Jeremy s'avança pour se placer de façon à cacher le cadavre à la vue de Clarissa.

— Que voulez-vous que nous fassions, Clarissa ? demanda-t-il doucement.

— Vous débarrasser du corps, répondit-elle brutalement.

— Ma chérie, ne dis pas de bêtises, lui ordonna sir Rowland. Il s'agit d'un meurtre.

— C'est là tout le problème. Le corps ne doit pas être trouvé dans cette maison.

Hugo eut un grognement d'impatience.

— Vous ne savez pas de quoi vous parlez, ma chère ! s'exclama-t-il. Vous lisez trop de romans policiers. Dans la vie réelle, on ne peut pas s'amuser à déplacer des cadavres comme ça.

— Mais je l'ai déjà déplacé, expliqua Clarissa. Je l'ai retourné pour voir s'il était mort, et puis j'ai commencé à le traîner vers l'alcôve, et alors je me suis rendu compte que j'allais avoir besoin d'aide, et je vous ai donc appelés au club, et en vous attendant j'ai préparé un plan.

— Dont fait partie la table de bridge, je suppose, remarqua Jeremy avec un geste en direction de la table.

Clarissa prit le bloc-notes.

— Oui, répondit-elle. Ça va être notre alibi.

— Que diable... commença Hugo, mais Clarissa ne lui laissa pas le temps de continuer.

— Deux parties et demie, annonça-t-elle. J'ai imaginé toutes les mains, et noté les scores sur ce bloc. Vous devez remplir les autres de vos propres mains, évidemment.

Sir Rowland la contemplait, éberlué.

— Tu es folle, Clarissa. Complètement folle.

Clarissa ne lui prêta pas attention.

— J'ai tout organisé, continua-t-elle. Le corps doit être emmené hors d'ici. (Elle regarda Jeremy.) Il faudra vous y mettre à deux. Un mort est très difficile à manipuler, j'en ai déjà fait l'expérience.

— Où diable voulez-vous que nous l'emportions ? demanda Hugo, exaspéré.

Clarissa avait déjà envisagé ce point.

— Le meilleur endroit, à mon avis, serait Marsden Wood. Ce n'est qu'à trois kilomètres d'ici. (Elle eut un geste vers la gauche.) Vous vous engagez sur cette route secondaire, quelques mètres à peine après avoir passé la grille d'entrée. C'est une voie étroite, et il n'y a pratiquement jamais de circulation. (Elle se tourna vers sir Rowland.) Laissez la voiture sur le côté de la route quand vous entrerez dans le bois. Ensuite, vous reviendrez ici à pied.

Jeremy semblait perplexe.

— Vous voulez dire qu'on abandonne le corps dans la forêt ? demanda-t-il.

— Non, laissez-le dans la voiture, expliqua Clarissa. C'est sa voiture, vous comprenez ? Il l'a laissée ici, près des écuries.

À présent, les trois hommes avaient tous une expression déconcertée.

— C'est vraiment très simple, dit Clarissa avec assurance. Si par hasard quelqu'un vous voit rentrer à pied, la nuit est très noire et on ne saura pas qui vous êtes. Et vous avez un alibi. Nous avons joué au bridge ici tous les quatre.

Elle replaça le bloc sur la table de bridge, l'air

presque satisfaite d'elle-même, tandis que les hommes, stupéfaits, la regardaient fixement.

Hugo décrivit un cercle entier dans la pièce.

— Je... je... bafouilla-t-il en agitant les mains en l'air.

Clarissa continua de leur donner ses instructions.

— Vous porterez des gants, bien entendu, de façon à ne laisser d'empreintes digitales nulle part. J'en ai là, tout prêts.

Passant outre Jeremy et s'approchant du canapé, elle sortit trois paires de gants de sous l'un des coussins, et les étala sur un bras du canapé.

Sir Rowland contemplait toujours Clarissa.

— Ton talent naturel pour le crime me laisse sans voix, l'informa-t-il.

Jeremy la regarda d'un air admirateur.

— Elle a tout prévu, pas vrai ? déclara-t-il.

— Oui, reconnut Hugo, mais ce sont quand même des absurdités complètement grotesques.

— Bon, il faut vous dépêcher, leur ordonna Clarissa avec véhémence. À 9 heures, Henry et Mr Jones vont arriver.

— Mr Jones ? Qui diable est Mr Jones ? demanda sir Rowland.

Clarissa porta la main à sa tête.

— Oh mon Dieu ! s'exclama-t-elle, je n'aurais jamais imaginé tout ce qu'il fallait expliquer lors d'un meurtre. Je pensais simplement vous demander de m'aider, et que vous le feriez, et que ce serait tout. (Elle les regarda tous les trois.) Oh, mes chéris, vous devez le faire ! (Elle caressa les cheveux de Hugo.) Cher, cher Hugo...

— Tout ce cinéma est bien gentil, ma chère, dit Hugo, l'air nettement contrarié, mais un cadavre est une affaire sérieuse, une sale affaire, et tout ce trafic pourrait nous attirer de réels ennuis. On ne peut pas trimbaler des cadavres au beau milieu de la nuit.

Clarissa alla vers Jeremy et posa la main sur son bras.

— Jeremy chéri, vous allez m'aider, quand même. N'est-ce pas ? demanda-t-elle d'une voix pressante.

Jeremy la contempla avec adoration.

— Très bien, je suis partant, répondit-il joyeusement. Qu'est-ce qu'un cadavre ou deux quand on est amis ?

— Arrêtez, jeune homme, ordonna sir Rowland. Je ne vais pas accepter ça. (Il se tourna vers Clarissa.) Maintenant, tu dois te laisser guider par moi, Clarissa. J'insiste. Après tout, il ne faut pas oublier Henry, dans cette histoire.

Clarissa lui adressa un regard exaspéré.

— Mais c'est justement à Henry que je pense, déclara-t-elle.

9

Les trois hommes accueillirent la déclaration de Clarissa en silence. Sir Rowland secoua gravement la tête, Hugo continua d'avoir l'air perplexe, tandis que Jeremy se contentait de hausser les épaules comme s'il abandonnait tout espoir de comprendre la situation.

Prenant une profonde inspiration, Clarissa s'adressa aux trois à la fois :

— Quelque chose d'extrêmement important va se passer ce soir. Henry est parti... parti accueillir quelqu'un et le ramener ici. C'est très important, et secret. Un secret politique de la plus haute importance. Personne n'est censé être au courant. Il devait n'y avoir absolument aucune publicité.

— Henry est parti accueillir un certain Mr Jones? s'enquit sir Rowland, dubitatif.

— C'est un nom idiot, j'en conviens, dit Clarissa, mais c'est comme ça qu'ils l'appellent. Je ne peux pas vous dire son vrai nom. Je ne peux rien vous dire de plus. J'ai promis à Henry de ne pas dire un mot à quiconque, mais il faut que vous compreniez que je ne suis pas simplement...

Elle se tourna pour regarder Hugo en continuant :

— ... pas simplement en train de me comporter comme une idiote et de faire du cinéma, comme dit Hugo.

Elle se retourna à présent vers sir Rowland.

— Quel effet cela aura-t-il, à ton avis, sur la carrière d'Henry, lui demanda-t-elle, s'il doit entrer ici avec cette éminente personne, ainsi qu'une autre très éminente personne qui a fait le voyage depuis Londres pour assister à cette réunion, et découvrir la police en train d'enquêter sur un meurtre, le meurtre d'un homme qui vient d'épouser l'ex-femme d'Henry?

— Seigneur Dieu! s'exclama sir Rowland.

Puis, regardant Clarissa droit dans les yeux, il ajouta d'un air soupçonneux :

— Tu n'es pas en train d'inventer tout ça, non? Ce n'est pas un de tes jeux compliqués, visant à nous ridiculiser tous?

Clarissa secoua la tête d'un air mélancolique.

— Personne ne me croit jamais quand je dis la vérité, protesta-t-elle.

— Désolée, ma chérie, dit sir Rowland. Oui, je vois que le problème est plus difficile que je ne le pensais.

— Tu vois? le pressa Clarissa. Il est donc absolument vital que nous fassions sortir le cadavre d'ici.

— Où est sa voiture, avez-vous dit? demanda Jeremy.

— Près des écuries.

— Et les domestiques sont sortis, j'imagine?

Clarissa hocha la tête.

— Oui.

Jeremy prit une paire de gants sur le canapé.

— Très bien! s'exclama-t-il d'un air décidé. Est-ce que j'emporte le corps dans la voiture, ou dois-je amener la voiture près du corps?

Sir Rowland leva une main en signe d'injonction.

— Attendez une minute, conseilla-t-il. Nous ne devons pas nous précipiter de cette façon.

Jeremy reposa les gants, mais Clarissa se tourna vers sir Rowland, et s'écria, désespérée :

— Mais nous devons faire vite!

Sir Rowland la considéra gravement.

— Je ne suis pas sûr que ton plan soit le meilleur, Clarissa, déclara-t-il. Bon, si nous pouvions seulement retarder la découverte du corps jusqu'à demain matin, cela suffirait, je pense, et ce serait bien plus simple. Si, pour le moment, nous emportions simplement le corps dans une autre pièce, par exemple, je pense que ce serait tout à fait excusable.

Clarissa se tourna pour s'adresser directement à lui.

— C'est toi qu'il faut que je persuade, n'est-ce pas? lui dit-elle. (Regardant Jeremy, elle continua :) Jeremy est prêt, lui. (Elle jeta un bref coup d'œil à Hugo.) Et Hugo va grogner et secouer la tête, mais il le fera quand même. C'est toi...

Elle alla à la porte de la bibliothèque et l'ouvrit.

— Voulez-vous nous excuser un instant, tous les deux ? dit-elle en s'adressant à Jeremy et Hugo. Je veux parler à Roly seul à seul.

— Ne la laisse pas t'entraîner dans une histoire abracadabrante, Roly, avertit Hugo tandis qu'ils quittaient la pièce.

Jeremy adressa à Clarissa un sourire rassurant et murmura :

— Bonne chance !

Sir Rowland, l'air grave, s'assit devant la table de bridge.

— Alors ! s'exclama Clarissa en s'asseyant face à lui de l'autre côté de la table.

— Ma chérie, l'avertit sir Rowland, je t'aime, et je t'aimerai toujours tendrement. Mais avant que tu ne le demandes, dans le cas présent, la réponse doit être non, voilà tout.

Clarissa prit la parole avec sérieux et insistance.

— Le corps de cet homme ne doit pas être trouvé dans cette maison. Si on le retrouve dans Marsden Wood, je pourrai dire qu'il est passé ici aujourd'hui un court moment, et je pourrai également dire à la police à quel moment il est parti. En fait, miss Peake l'a raccompagné, ce qui finalement est une chance. Il ne sera pas question de se demander s'il est jamais revenu ici.

Elle prit une profonde inspiration.

— Mais si son corps est retrouvé ici, continua-t-elle, alors nous serons tous interrogés. (Elle marqua une pause avant d'ajouter, très calmement :) Et Pippa ne pourra pas le supporter.

— Pippa ?

Sir Rowland était visiblement perplexe.

L'expression de Clarissa était sombre.

— Oui, Pippa. Elle va craquer et avouer que c'est elle qui l'a tué.

— Pippa ! répéta sir Rowland en saisissant lentement le sens de ce qu'il venait d'entendre.

Clarissa hocha la tête.

— Mon Dieu ! s'exclama sir Rowland.

— Elle était terrifiée quand il est venu aujourd'hui. J'ai essayé de la rassurer en lui disant que je ne le laisserais pas l'emmener, mais je ne crois pas qu'elle m'ait crue. Tu sais ce qu'elle a enduré, la dépression nerveuse qu'elle a subi ? Eh bien, je ne crois pas qu'elle aurait survécu si on l'avait obligée à retourner vivre avec Oliver et Miranda. Pippa était ici quand j'ai découvert le corps d'Oliver. Elle m'a dit qu'elle ne l'avait pas fait exprès, je suis sûre qu'elle disait la vérité. Elle a complètement paniqué. Elle a mis la main sur cette canne, et l'a frappé aveuglément.

— Quelle canne ? demanda sir Rowland.

— Celle qui est dans le porte-parapluies du hall. Elle est dans l'alcôve. Je l'ai laissée là, je n'y ai pas touché.

Sir Rowland réfléchit un moment, puis demanda sèchement :

— Où est Pippa, à présent ?

— Au lit. Je lui ai donné un somnifère. Elle ne devrait pas se réveiller avant demain matin. Demain, je l'emmènerai à Londres, et ma vieille nounou s'occupera d'elle pour un moment.

Sir Rowland se leva et traversa la pièce pour aller

regarder le corps d'Oliver Costello derrière le canapé. Revenant vers Clarissa, il l'embrassa.

— Tu as gagné, ma chérie, dit-il. Je te prie de m'excuser. On ne doit pas demander à cette enfant d'affronter une telle épreuve. Fais rentrer les autres.

Il alla à la fenêtre et la ferma, tandis que Clarissa ouvrait la porte de la bibliothèque, et lançait :

— Hugo, Jeremy ! Voulez-vous revenir, s'il vous plaît ?

Les deux hommes rentrèrent dans la pièce.

— Ton majordome n'est pas très soigneux quand il ferme, annonça Hugo. La fenêtre de la bibliothèque était ouverte. Je l'ai refermée.

S'adressant à Sir Rowland, il demanda brusquement :

— Alors ?

— Je suis converti, fut la réponse tout aussi laconique de sir Rowland.

— Bravo, commenta Jeremy.

— Il n'y a pas de temps à perdre, déclara Sir Rowland. Maintenant, enfilons ces gants.

Il joignit le geste à la parole. Jeremy prit les autres, en tendit une paire à Hugo, et tous deux les enfilèrent. Sir Rowland s'approcha du panneau.

— Comment ouvre-t-on ce truc ? demanda-t-il.

Jeremy alla le rejoindre.

— Comme ça, monsieur. Pippa m'a montré.

Il actionna le levier et ouvrit le panneau.

Sir Rowland regarda dans l'alcôve, tendit la main à l'intérieur, et en tira la canne de marche.

— Oui, elle est assez lourde, commenta-t-il. La tête est lestée. Quand même, je n'aurais pas cru...

Il s'interrompit.

— Qu'est-ce que tu n'aurais pas cru? voulut savoir Hugo.

Sir Rowland secoua la tête.

— J'aurais cru, répondit-il, qu'il s'agissait d'un objet au contour plus aigu, un métal quelconque.

— Tu veux dire un foutu hachoir, observa crûment Hugo.

— Je ne sais pas, intervint Jeremy. Cette canne me paraît assez meurtrière. Elle pourrait facilement servir à fendre le crâne de quelqu'un en deux.

— De toute évidence, dit sèchement sir Rowland. (Il se tourna vers Hugo, et lui tendit la canne.) Hugo, veux-tu brûler cet objet dans le fourneau de la cuisine, s'il te plaît, ordonna-t-il. Warrender, vous et moi emmènerons le corps dans la voiture.

Jeremy et lui se penchèrent de chaque côté du corps. Au même instant, une sonnette retentit.

— Qu'est-ce que c'est? s'exclama sir Rowland, surpris.

— C'est la sonnette de l'entrée, répondit Clarissa, l'air déconcerté.

Ils restèrent tous pétrifiés l'espace d'un instant.

— Qui cela peut-il être? se demanda Clarissa à voix haute. Il est bien trop tôt pour Henry et... euh... Mr Jones. Ça doit être sir John.

— Sir John? demanda sir Rowland, de plus en plus surpris. Tu veux dire que le Premier ministre est attendu ici ce soir?

— Oui, répondit Clarissa.

— Hum. (Sir Rowland eut un instant l'air indécis,

puis il reprit :) Oui. Eh bien, il faut que nous fassions quelque chose.

La sonnette retentit à nouveau, et il passa à l'action.

— Clarissa, ordonna-t-il, va ouvrir la porte. Sers-toi de la tactique qui te viendra à l'esprit pour le retarder. Pendant ce temps, nous allons faire le ménage ici.

Clarissa sortit rapidement dans le hall, et sir Rowland se tourna vers Hugo et Jeremy.

— Bon, expliqua-t-il d'un ton pressant, voilà ce que nous allons faire. Nous allons le mettre dans cette alcôve. Plus tard, quand ils seront tous dans la pièce et occupés à leur grande discussion, nous pourrons l'en sortir par la bibliothèque.

— Bonne idée, convint Jeremy en aidant sir Rowland à soulever le corps.

— Vous voulez que je vous donne un coup de main ? demanda Hugo.

— Non, ça ira, répondit Jeremy.

Sir Rowland et lui soulevèrent le corps de Costello en le prenant sous les aisselles et le portèrent dans l'alcôve, tandis que Hugo prenait une torche. Un instant plus tard, sir Rowland ressortit de la cachette et pressa le levier pendant que Jeremy se hâtait de sortir. Hugo en profita pour se glisser rapidement dans l'alcôve, emportant la torche et la canne. Le panneau se referma derrière lui.

Sir Rowland, après s'être assuré que sa veste ne portait pas de traces de sang, murmura : « Gants », ôta ceux qu'il portait, et les mit sous un coussin du canapé. Jeremy ôta les siens et l'imita. « Bridge », se rappela sir Rowland, qui s'approcha en hâte de la table de bridge et s'assit.

Jeremy le suivit et prit ses cartes.

— Viens donc, Hugo, dépêche-toi, pressa sir Rowland en ramassant ses propres cartes.

En guise de réponse, il entendit frapper à l'intérieur de l'alcôve. Réalisant soudain que Hugo n'était pas dans la pièce, sir Rowland et Jeremy se regardèrent, alarmés. Jeremy se leva, fonça vers le levier et ouvrit le panneau.

— Viens vite, Hugo, répéta sir Rowland d'une voix pressante, tandis que Hugo entrait dans la pièce.

— Vite, Hugo, marmonna impatiemment Jeremy en refermant le panneau.

Sir Rowland prit les gants de Hugo, et les plaça sous le coussin. Les trois hommes s'empressèrent de prendre place à la table de bridge et prirent leurs cartes, à l'instant même où Clarissa entrait dans la pièce, suivie de deux hommes en uniforme.

D'un ton d'innocente surprise, Clarissa annonça :

— C'est la police, oncle Roly.

10

Le plus âgé des deux officiers de police, un homme trapu aux cheveux gris, suivit Clarissa dans la pièce, tandis que son collègue restait debout près de la porte du hall.

— Voici l'inspecteur Lord, déclara Clarissa. Et... (Elle se retourna vers l'officier plus jeune, un homme brun entre 20 et 30 ans, à la carrure de footballeur.) Excusez-moi, comment m'avez-vous dit vous appeler ? demanda-t-elle.

L'inspecteur Lord répondit à sa place :

— C'est l'agent Jones. (S'adressant aux trois hommes, il continua :) Désolé de vous déranger, messieurs, mais nous avons été informés qu'un meurtre avait été commis ici.

Clarissa et ses amis parlèrent tous en même temps.

— Quoi ? cria Hugo.

— Un meurtre ! s'exclama Jeremy.

— Dieux du Ciel ! s'écria sir Rowland, tandis que Clarissa déclarait :

— N'est-ce pas extraordinaire ?

Ils paraissaient tous complètement stupéfaits.

— Oui, nous avons reçu un appel au poste, leur dit l'inspecteur Lord. (Adressant un signe de tête à Hugo, il ajouta :) Bonsoir, Mr Birch.

— Euh... bonsoir, inspecteur, marmonna Hugo.

— On dirait que quelqu'un vous a fait une blague, inspecteur, suggéra sir Rowland.

— Oui, convint Clarissa. Nous avons joué au bridge ici toute la soirée.

Les autres acquiescèrent, et Clarissa demanda :

— Qui a été assassiné, vous a-t-on dit ?

— Aucun nom n'a été mentionné, répondit l'inspecteur Lord. La personne a juste dit qu'un homme avait été assassiné à Copplestone Court, et qu'il fallait qu'on vienne immédiatement. Elle a raccroché avant que nous n'ayons eu le temps d'obtenir la moindre information supplémentaire.

— C'était forcément une blague, déclara Clarissa, qui ajouta vertueusement : Comme c'est méchant.

Hugo fit « tss tss », et l'inspecteur déclara :

— Vous seriez étonnée, madame, de voir les choses farfelues dont sont capables les gens.

Il marqua une pause, leur adressant un bref regard à chacun, puis reprit en s'adressant à Clarissa :

— Bon, selon vous, rien d'extraordinaire ne s'est produit ici ce soir ? (Sans attendre la réponse, il ajouta :) Je ferais peut-être mieux de voir aussi Mr Hailsham-Brown.

— Il n'est pas là, dit Clarissa à l'inspecteur. Je ne l'attends pas avant tard ce soir.

— Je vois, répondit-il. Qui séjourne dans la maison en ce moment ?

— Sir Rowland Delahaye, et Mr Warrender, dit Clarissa en les indiquant. Et Mr Birch, que vous connaissez déjà, est là pour la soirée.

Sir Rowland et Jeremy murmurèrent des politesses.

— Oh, et bien sûr ! continua Clarissa comme si elle venait de se le rappeler, ma petite belle-fille. (Elle insista sur « petite ».) Elle est au lit, endormie.

— Et les domestiques ? voulut savoir l'inspecteur Lord.

— Ils sont deux. Un couple marié. Mais c'est leur soirée de congé, et ils sont allés au cinéma à Maidstone.

— Je vois, dit l'inspecteur Lord en hochant gravement la tête.

Au même instant, Elgin entra dans la pièce par la porte du hall, heurtant presque l'agent qui montait toujours la garde à la porte. Après un bref regard interrogateur à l'inspecteur, Elgin s'adressa à Clarissa :

— Aurez-vous besoin de quelque chose, madame ?

Clarissa eut l'air surpris.

— Je vous croyais au cinéma, Elgin ! s'exclama-t-elle, tandis que l'inspecteur lui lançait un regard aigu.

— Nous sommes rentrés presque tout de suite, madame, expliqua le domestique. Ma femme ne se sentait pas bien. (L'air gêné, il ajouta avec délicatesse :)

Euh... des embarras gastriques. Ce doit être quelque chose qu'elle a mangé.

Son regard passant de l'inspecteur à l'agent, il demanda :

— Quelque chose... ne va pas?

— Quel est votre nom? lui demanda le policier.

— Elgin, monsieur, répondit le majordome. J'espère bien qu'il n'y a rien...

Il fut interrompu par l'inspecteur Lord.

— Quelqu'un a appelé le poste de police et nous a dit qu'un meurtre avait été commis ici.

— Un meurtre? lâcha Elgin.

— Que savez-vous de cela?

— Rien. Rien du tout, monsieur.

— Ce n'est pas vous qui avez appelé, alors? lui demanda l'inspecteur.

— Non, bien sûr que non.

— Quand vous êtes rentrés, vous êtes passé par la porte de service, du moins je le suppose?

— Oui, monsieur, répondit Elgin, la nervosité le rendant à présent plus déférent.

— Avez-vous remarqué quoi que ce soit d'inhabituel?

Le majordome réfléchit un moment, puis répondit :

— Maintenant que j'y pense, il y avait une voiture étrangère près des écuries.

— Une voiture étrangère? Que voulez-vous dire?

— Je me suis demandé sur le moment qui ça pouvait être, se rappela Elgin. Il m'a paru que c'était un drôle d'endroit pour laisser sa voiture.

— Y avait-il quelqu'un dedans?

— Pas à ce que j'ai pu voir, monsieur.

— Allez y jeter un coup d'œil, Jones, ordonna l'inspecteur Lord.

— Jones ! s'exclama involontairement Clarissa avec un sursaut.

— Je vous demande pardon ? dit l'inspecteur en se tournant vers elle.

Clarissa se reprit rapidement. En lui souriant, elle murmura :

— Ce n'est rien, juste que... je ne lui trouvais pas l'air très gallois.

L'inspecteur Lord fit un geste à l'agent Jones et à Elgin, leur indiquant d'aller jusqu'à la voiture. Ils quittèrent la pièce ensemble, et un silence s'ensuivit. Au bout d'un moment, Jeremy alla s'asseoir sur le canapé et se mit à manger des sandwiches. L'inspecteur posa son chapeau et ses gants sur le fauteuil, puis, prenant une profonde inspiration, s'adressa à l'assistance :

— Il semblerait, déclara-t-il lentement et d'un ton réfléchi, que quelqu'un est venu ici ce soir et manque à l'appel. (Il regarda Clarissa.) Vous êtes sûre que vous n'attendiez personne ? lui demanda-t-il.

— Oh, oui, oui, répondit Clarissa. Nous ne voulions pas voir qui que ce soit. Voyez-vous, nous étions juste tous les quatre pour jouer au bridge.

— Vraiment ? dit l'inspecteur Lord. J'aime beaucoup le bridge moi-même.

— Oh, c'est vrai ? répondit Clarissa. Jouez-vous Blackwood ?

— J'aime jouer uniquement comme ça, répondit l'inspecteur Lord. Dites-moi, Mrs Hailsham-Brown, vous n'habitez pas ici depuis très longtemps, n'est-ce pas ?

— Non. Environ six semaines.

L'inspecteur la considéra avec insistance.

— Et il n'y a rien eu de suspect depuis que vous vivez ici ? demanda-t-il.

Avant que Clarissa n'ait eu le temps de répondre, sir Rowland intervint :

— Qu'entendez-vous exactement par suspect, inspecteur ?

Le policier se retourna pour s'adresser à lui :

— Eh bien, c'est une histoire plutôt curieuse, monsieur. Cette maison appartenait à Mr Sellon, l'antiquaire. Il est mort il y a six mois.

— Oui, se souvint Clarissa. Il a eu un accident, je crois ?

— C'est exact, dit l'inspecteur Lord. Il est tombé dans l'escalier, et a atterri sur la tête.

Il regarda Jeremy et Hugo, et ajouta :

— Mort accidentelle, a-t-on conclu. C'était peut-être le cas, mais peut-être pas.

— Vous voulez dire, demanda Clarissa, que quelqu'un aurait pu le pousser ?

L'inspecteur se tourna vers elle.

— Oui, ou alors quelqu'un lui a fracassé le crâne...

Il s'interrompit, et la tension de son auditoire devint palpable. Au milieu du silence, l'inspecteur Lord continua :

— Quelqu'un a pu disposer le corps de Sellon pour que ça ait l'air d'un accident, au pied de l'escalier.

— L'escalier, ici, dans cette maison ? demanda nerveusement Clarissa.

— Non, cela s'est produit à son magasin. Il n'y avait aucune preuve concluante, bien entendu, mais c'était plutôt un drôle de bonhomme, ce Mr Sellon.

— Comment cela, inspecteur ? demanda sir Rowland.

— Eh bien, répondit l'inspecteur Lord, une fois ou deux, il a dû nous expliquer deux ou trois choses, comme qui dirait. Et la brigade des stupéfiants est venue de Londres pour l'interroger à une occasion... (Il marqua une pause avant de reprendre :)... mais ce n'était rien de plus que des soupçons.

— Officiellement, vous voulez dire, observa sir Rowland.

L'inspecteur se tourna vers lui.

— C'est juste, monsieur, dit-il d'un air entendu. Officiellement.

— Tandis qu'officieusement... ? lui souffla sir Rowland.

— Je crains que nous ne puissions pas entrer dans les détails, répondit l'inspecteur Lord. Il y a cependant un point assez curieux. Il y avait une lettre inachevée sur le bureau de Mr Sellon, dans laquelle il mentionnait être entré en possession de quelque chose qu'il décrivait comme une rareté sans pareille, dont il était prêt à... (Ici, l'inspecteur marqua une pause, comme pour se rappeler les mots exacts.)... à garantir qu'il ne s'agissait pas d'un faux, et il en demandait quatorze mille livres.

Sir Rowland eut l'air pensif.

— Quatorze mille livres, murmura-t-il.

À voix plus haute, il continua :

— Oui, c'est effectivement une grosse somme. Mais je me demande de quoi il peut s'agir ? De bijoux, je suppose, mais le mot de faux suggère... je ne sais pas, un tableau, peut-être ?

Jeremy continuait de grignoter des sandwiches tandis que l'inspecteur Lord répondit :

— Oui, peut-être. Il n'y avait rien dans le magasin qui vaille une telle somme. L'inventaire de l'assurance nous l'a confirmé. L'associée de Mr Sellon était une femme qui avait sa propre affaire à Londres, et elle nous a écrit pour nous dire qu'elle ne pouvait pas nous fournir la moindre aide ou information.

Sir Rowland hocha lentement la tête.

— Alors il a pu être assassiné, et l'article, quel qu'il soit, volé, suggéra-t-il.

— C'est très possible, monsieur, mais là encore, le voleur n'a peut-être pas réussi à le trouver.

— Ah bon, qu'est-ce qui vous pousse à le croire ? demanda sir Rowland.

— Parce que, répondit l'inspecteur Lord, le magasin a été fracturé deux fois depuis. Fracturé et mis à sac.

Clarissa avait l'air perplexe.

— Pourquoi nous racontez-vous tout cela, inspecteur ?

— Parce que, Mrs Hailsham-Brown, répondit l'inspecteur Lord en se tournant vers elle, il m'est venu à l'idée que ce que Mr Sellon avait caché avait pu l'être ici dans cette maison, et non à son magasin de Maidstone. C'est pourquoi je vous ai demandé si vous aviez remarqué quoi que ce soit de particulier.

Levant une main comme si elle venait soudain de se le rappeler, Clarissa répondit avec excitation :

— Quelqu'un a téléphoné aujourd'hui et a demandé à me parler, mais quand je suis venue répondre la personne venait de raccrocher. C'est assez bizarre, d'une certaine façon, non ?

Elle se tourna vers Jeremy en ajoutant :

— Ah oui, bien sûr ! Vous savez, cet homme qui est venu l'autre jour et voulait acheter des choses, un homme à l'air chevalin en costume à carreaux. Il voulait acheter ce bureau.

L'inspecteur Lord traversa la pièce pour examiner le bureau.

— Celui-ci ? demanda-t-il.

— Oui, répondit Clarissa. Je lui ai dit, bien sûr, qu'il ne nous appartenait pas, mais il n'a pas semblé me croire. Il m'en a offert une grosse somme, bien plus qu'il ne vaut réellement.

— C'est très intéressant, commenta l'inspecteur en étudiant le bureau. Ces choses-là ont souvent un tiroir secret, vous savez.

— Oui, celui-ci en a un, rétorqua Clarissa. Mais il n'y avait rien de très excitant à l'intérieur. Juste de vieux autographes.

L'inspecteur Lord parut intéressé.

— Les vieux autographes peuvent avoir une très grande valeur, je crois, dit-il. De qui étaient-ils ?

— Je puis vous assurer, inspecteur, l'informa sir

Rowland, que ceux-là n'étaient pas assez rares pour valoir plus d'une livre ou deux.

La porte du hall s'ouvrit, et l'agent Jones entra, porteur d'un petit livret et d'une paire de gants.

— Oui, Jones ? Qu'y a-t-il ? lui demanda l'inspecteur.

— J'ai examiné la voiture, monsieur. Juste une paire de gants sur le siège du conducteur. Mais j'ai trouvé cette carte grise dans le vide-poche.

Il tendit le livret à l'inspecteur Lord, et Clarissa échangea un sourire avec Jeremy en entendant le fort accent gallois de l'agent.

L'inspecteur examina la carte grise.

— Oliver Costello, 27 Morgan Mansions, Londres SW3, lut-il à voix haute. (Puis, se tournant vers Clarissa, il demanda sèchement :) Un homme du nom de Costello est-il venu ici aujourd'hui ?

11

Les quatre amis échangèrent des regards furtifs et coupables. Clarissa et sir Rowland étaient tous deux sur le point de répondre, mais ce fut Clarissa qui parla :

— Oui. Il est venu vers... (Elle marqua une pause, puis :)... voyons... Oui, il était environ 18 h 30.

— C'est un de vos amis? demanda l'inspecteur Lord.

— Non, je ne dirais pas que c'est un ami, répondit Clarissa. Je ne l'avais rencontré qu'une fois ou deux. (Elle prit délibérément l'air embarrassé, puis déclara d'une voix hésitante :) C'est... un peu gênant, en fait...

Elle lança un regard suppliant à sir Rowland, comme pour lui passer le ballon.

Ce dernier réagit promptement à sa requête non formulée.

— Peut-être, inspecteur, dit-il, vaut-il mieux que je vous explique la situation.

— Je vous en prie, monsieur, répondit assez laconiquement l'inspecteur Lord.

— Eh bien, continua sir Rowland, cela concerne la première Mrs Hailsham-Brown. Hailsham-Brown et elle ont divorcé il y a un peu plus d'un an, et récemment elle a épousé Mr Oliver Costello.

— Je vois, observa l'inspecteur Lord. Et Mr Costello est venu ici aujourd'hui. (Il se tourna vers Clarissa.) Pourquoi donc ? Aviez-vous pris rendez-vous ?

— Oh non ! répondit Clarissa avec désinvolture. En fait, quand Miranda — la précédente Mrs Hailsham-Brown — a quitté cette maison, elle a emporté une ou deux choses qui ne lui appartenaient pas vraiment. Oliver Costello se trouvait par hasard dans la région, et il est juste passé pour nous les rendre.

— Quel genre de choses ? s'empressa de demander l'inspecteur Lord.

Clarissa était prête à répondre à cette question.

— Rien de très important, dit-elle avec un sourire.

Prenant la petite boîte à cigarettes en argent qui se trouvait sur une table près du canapé, elle la tendit à l'inspecteur.

— Ceci en faisait partie. Elle appartenait à la mère de mon mari, et il y tient pour des raisons sentimentales.

L'inspecteur regarda pensivement Clarissa un moment, avant de lui demander :

— Combien de temps Mr Costello est-il resté ici quand il est venu à 18 h 30 ?

— Oh, très peu de temps, répondit-elle en replaçant la boîte à cigarettes sur la table. Il m'a dit qu'il était pressé. Environ dix minutes, je crois. Pas plus longtemps.

— Et votre entrevue a été tout à fait amicale? s'enquit l'inspecteur Lord.

— Oh, oui! l'assura Clarissa. J'ai trouvé très gentil de sa part de se donner le mal de nous rapporter les objets.

L'inspecteur réfléchit un instant, avant de demander :

— A-t-il dit où il allait en sortant d'ici?

— Non, répondit Clarissa. En fait, il est sorti par cette porte-fenêtre, continua-t-elle en l'indiquant d'un geste. Pour tout dire, la dame qui s'occupe du jardin, miss Peake, était là, et m'a proposé de le raccompagner par le jardin.

— Votre jardinière habite-t-elle sur les lieux?

— Eh bien, oui. Mais pas dans la maison. Elle habite le cottage.

— Je crois que j'aimerais lui parler, décida l'inspecteur Lord. (Il se tourna vers l'agent.) Jones, allez la chercher.

— Il y a une ligne téléphonique avec le cottage. Voulez-vous que je l'appelle, inspecteur? proposa Clarissa.

— Si cela ne vous ennuie pas, Mrs Hailsham-Brown, répondit l'inspecteur Lord.

— Pas du tout. Je ne pense pas qu'elle soit déjà allée se coucher, dit Clarissa en pressant un bouton sur le téléphone.

Elle adressa un grand sourire à l'inspecteur, qui réagit en prenant l'air timide. Jeremy sourit à part lui et prit un autre sandwich.

Clarissa parla au téléphone.

— Allô ! miss Peake. Ici Mrs Hailsham-Brown... Je me demandais si cela vous ennuierait de venir à la maison ? Il s'est produit quelque chose d'assez important... Oh oui, bien sûr ! ça ne pose pas de problème. Merci.

Elle reposa le combiné et se tourna vers l'inspecteur.

— Miss Peake était en train de se laver les cheveux, mais elle va s'habiller et venir tout de suite.

— Merci, dit l'inspecteur Lord. Après tout, Costello lui a peut-être dit où il allait.

— Oui, en effet, c'est possible, convint Clarissa.

L'inspecteur paraissait intrigué.

— La question qui me tourmente, annonça-t-il à la cantonade, c'est pourquoi la voiture de Mr Costello est toujours ici, et où est Mr Costello ?

Clarissa lança un regard involontaire en direction des étagères et du panneau, puis balaya la pièce jusqu'à la porte-fenêtre pour guetter miss Peake. Jeremy, remarquant son regard, s'adossa d'un air innocent et croisa les jambes tandis que l'inspecteur Lord continuait :

— Apparemment, cette miss Peake a été la dernière personne à le voir. Il est sorti, dites-vous, par cette porte-fenêtre. L'avez-vous fermée à clé derrière lui ?

— Non, répondit Clarissa, debout devant la fenêtre et tournant le dos au policier.

— Oh ? interrogea l'inspecteur Lord.

Quelque chose dans le ton de sa voix poussa Clarissa à se retourner face à lui.

— Eh bien, je... je ne crois pas, dit-elle, hésitante.

— Alors il aurait pu rentrer par là, observa l'inspecteur.

Il prit une profonde inspiration et annonça d'un air important :

— Je crois, Mrs Hailsham-Brown, qu'avec votre permission, j'aimerais fouiller la maison.

— Bien sûr, répondit Clarissa avec un sourire amical. Eh bien, vous avez vu cette pièce. Rien ne pourrait être caché ici.

Elle tint le rideau de la porte-fenêtre ouvert un moment, comme si elle attendait miss Peake, puis s'exclama :

— Regardez ! Par ici, c'est la bibliothèque. (Allant à la porte de la bibliothèque et l'ouvrant, elle suggéra :) Voulez-vous y entrer ?

— Merci, dit l'inspecteur Lord. Jones !

Tandis que les deux officiers de police passaient dans la bibliothèque, l'inspecteur ajouta :

— Voyez juste où mène cette porte, Jones, en indiquant une autre porte à l'intérieur de la bibliothèque.

— Très bien, monsieur, répondit l'agent, et il passa par la porte qu'on lui indiquait.

Dès qu'ils furent hors de portée, sir Rowland s'approcha de Clarissa.

— Qu'y a-t-il de l'autre côté ? lui demanda-t-il à voix basse, en indiquant le panneau.

— Étagères, répondit-elle laconiquement.

Il hocha la tête et se dirigea nonchalamment vers le canapé, tandis que l'on entendait la voix de l'agent lancer :

— Ce n'est qu'une autre porte donnant sur le hall, monsieur.

Les deux officiers revinrent de la bibliothèque.

— Bien, dit l'inspecteur Lord.

Il regarda sir Rowland, prenant apparemment note du fait qu'il s'était déplacé.

— Maintenant, nous allons fouiller le reste de la maison, annonça-t-il en se dirigeant vers la porte du hall.

— Je viens avec vous, si ça ne vous ennuie pas, proposa Clarissa, au cas où ma petite belle-fille se réveillerait et aurait peur. Remarquez, je ne crois pas qu'elle le fera. C'est extraordinaire comme les enfants peuvent dormir profondément. Il faut pratiquement les secouer pour les réveiller.

Comme l'inspecteur Lord ouvrait la porte du hall, elle lui demanda :

— Vous avez des enfants, inspecteur?

— Un garçon et une fille, répondit-il brièvement, il sortit de la pièce, traversa le hall, et se mit à monter l'escalier.

— N'est-ce pas merveilleux? observa Clarissa. (Elle se tourna vers l'agent.) Mr Jones, dit-elle en l'invitant d'un geste à la précéder. Il sortit de la pièce et elle lui emboîta le pas.

Dès qu'ils furent partis, les trois derniers occupants de la pièce s'entre-regardèrent. Hugo s'essuya les mains et Jeremy s'épongea le front.

— Et maintenant? demanda ce dernier en prenant un autre sandwich.

Sir Rowland secoua la tête.

— Tout ça ne me plaît pas, dit-il. Nous nous enfonçons de plus en plus.

— Si tu veux mon avis, conseilla Hugo, il n'y a qu'une chose à faire. Nous dénoncer. Avouer maintenant avant qu'il ne soit trop tard.

— Bon sang, on ne peut pas faire ça ! s'exclama Jeremy. Ce serait trop injuste envers Clarissa.

— Mais nous lui attirerons des ennuis encore pires si nous continuons comme ça, insista Hugo. Comment allons-nous pouvoir emporter le corps ? La police va confisquer la voiture du type.

— Nous pourrions utiliser la mienne, suggéra Jeremy.

— Eh bien, ça ne me plaît pas, persista Hugo. Ça ne me plaît pas du tout. Bon sang, je suis juge de paix, ici ! Je dois tenir compte de ma réputation vis-à-vis de la police locale. (Il se tourna vers sir Rowland.) Qu'est-ce que tu en dis, Roly ? Tu sais garder la tête froide, toi.

Sir Rowland avait l'air grave.

— Je reconnais que ça ne me plaît pas, répondit-il, mais personnellement je me suis engagé dans cette entreprise.

Hugo eut l'air perplexe.

— Je ne te comprends pas, dit-il à son ami.

— Mets ça sur le compte de la confiance, si tu veux, Hugo, déclara sir Rowland.

Il regarda gravement les deux hommes, et continua :

— Nous sommes dans de sales draps, tous autant que nous sommes. Mais si nous nous serrons les coudes, et si nous avons un minimum de chance, je crois qu'il est possible que nous nous en tirions.

Jeremy avait l'air sur le point de dire quelque chose, mais sir Rowland leva la main et continua :

— Une fois que la police sera satisfaite et constatera que Costello n'est pas dans la maison, ils iront chercher ailleurs. Après tout, il y a des tas de raisons pour lesquelles il aurait pu laisser sa voiture et partir à pied. (Il eut un geste dans leur direction et ajouta :) Nous sommes tous des gens respectables : Hugo est juge de paix, comme il vient de nous le rappeler, et Henry Hailsham-Brown est haut placé au Foreign Office...

— Oui, oui, et tu as fait une carrière sans tache et même distinguée, nous le savons tous, intervint Hugo. Très bien, alors, si tu le dis, nous prenons le risque.

Jeremy se leva et hocha la tête en direction de l'alcôve.

— Nous ne pourrions pas faire quelque chose tout de suite pour régler ça ? demanda-t-il.

— Pas le temps maintenant, décréta sir Rowland, laconique. Ils vont revenir d'une minute à l'autre. Il est plus en sûreté là où il est.

Jeremy acquiesça à contrecœur.

— Je dois dire que Clarissa est stupéfiante, observa-t-il. Elle ne bronche pas. Cet inspecteur de police lui obéit au doigt et à l'œil.

La sonnette de la porte d'entrée retentit.

— Ça doit être miss Peake, je suppose, annonça sir Rowland. Allez lui ouvrir, Warrender, voulez-vous ?

Dès que Jeremy eut quitté la pièce, Hugo fit signe à sir Rowland de s'approcher.

— Qu'est-ce qui se passe, Roly ? murmura-t-il d'un

ton pressant. Que t'a dit Clarissa quand elle t'a eu pour elle toute seule ?

Sir Rowland allait répondre, mais, entendant les voix de Jeremy et de miss Peake échanger des salutations à la porte, il eut un geste pour dire : « Pas maintenant. »

— Je crois que vous feriez mieux d'entrer ici, dit Jeremy à miss Peake en claquant la porte d'entrée.

Un instant plus tard, la jardinière le précéda dans le salon, avec l'air de s'être vêtue précipitamment. Elle avait une serviette enroulée autour de la tête.

— Que se passe-t-il ? voulut-elle savoir. Mrs Hailsham-Brown s'est montrée très mystérieuse au téléphone. Est-il arrivé quelque chose ?

Sir Rowland s'adressa à elle avec la dernière courtoisie.

— Je suis vraiment désolé que l'on vous ait arrachée à vos foyers de cette façon, miss Peake, s'excusa-t-il. Veuillez vous asseoir.

Il lui indiqua une chaise à la table de bridge.

Hugo avança la chaise et miss Peake le remercia. Il s'assit ensuite sur une chauffeuse, plus confortable, tandis que sir Rowland annonçait :

— Pour tout dire, la police est dans la maison, et...

— La police ? l'interrompit miss Peake, l'air stupéfait. Il y a eu un cambriolage ?

— Non, pas un cambriolage, mais...

Il se tut car Clarissa, l'inspecteur et l'agent revenaient dans la pièce. Jeremy s'assit sur le canapé, tandis que sir Rowland prenait position derrière le jeune homme.

— Inspecteur, annonça Clarissa, je vous présente miss Peake.

L'inspecteur Lord s'approcha de cette dernière. Son « Bonsoir, miss Peake » fut accompagné d'une petite courbette raide.

— Bonsoir, inspecteur, répondit miss Peake. Je demandais justement à sir Rowland : a-t-on dévalisé la maison, ou quoi ?

L'inspecteur Lord la considéra d'un œil inquisiteur, laissa passer un court instant, puis répondit.

— Nous avons reçu un coup de téléphone assez curieux qui nous a amenés jusqu'ici. Et nous pensons que vous pourriez peut-être éclaircir le problème pour nous.

12

L'annonce de l'inspecteur Lord fut accueillie par miss Peake avec un rire joyeux.

— Dites donc, voilà qui est mystérieux. Je m'amuse bien ! s'exclama-t-elle, ravie.

L'inspecteur fronça les sourcils.

— Cela concerne Mr Costello, expliqua-t-il. Mr Oliver Costello du 27, Morgan Mansions, Londres SW3. Je crois que c'est dans le quartier de Chelsea.

— Jamais entendu parler, fut la réponse de miss Peake, exprimée avec vigueur.

— Il est venu ici ce soir, rendre visite à Mrs Hailsham-Brown, lui rappela l'inspecteur Lord, et je crois que vous l'avez raccompagné par le jardin.

Miss Peake se frappa la cuisse.

— Oh, cet homme ! se souvint-elle. Mrs Hailsham-

Brown m'a donné son nom, en effet. (Elle considéra l'inspecteur avec un peu plus d'intérêt.) Oui, que voulez-vous savoir?

— J'aimerais savoir, lui dit l'inspecteur d'une voix lente et posée, ce qui s'est passé exactement, et quand vous l'avez vu pour la dernière fois.

Miss Peake réfléchit un moment avant de répondre.

— Voyons, dit-elle. Nous sommes sortis par la porte-fenêtre, et je lui ai dit qu'il y avait un raccourci s'il voulait prendre le car, et il m'a dit que non, qu'il était venu en voiture, et qu'il l'avait laissée près des écuries.

Elle adressa un sourire rayonnant à l'inspecteur Lord comme si elle s'attendait à être félicitée pour son résumé succinct de ce qui s'était passé, mais il se contenta de prendre un air pensif et commenta :

— Est-ce que ce n'est pas un drôle d'endroit pour laisser sa voiture?

— C'est exactement ce que je me suis dit, reconnut miss Peake en donnant une claque sur le bras de l'inspecteur.

Il eut l'air surpris de ce geste, mais elle continua :

— On aurait cru qu'il l'amènerait jusque devant la porte, pas vrai? Mais les gens sont si bizarres. On ne sait jamais ce qu'ils vont faire.

Elle partit d'un grand éclat de rire.

— Et ensuite, que s'est-il passé? demanda l'inspecteur.

Miss Peake haussa les épaules.

— Eh bien, il est allé vers sa voiture, et je suppose qu'il est parti.

— Vous ne l'avez pas vu partir?

— Non, je rangeais mes outils.

— Et c'est la dernière fois que vous l'avez vu? demanda l'inspecteur Lord en accentuant ses mots.

— Oui, pourquoi?

— Parce que sa voiture est toujours là, dit l'inspecteur. (D'une voix lente et énergique, il continua :) Un appel téléphonique a été passé au poste de police à 19 h 49, disant qu'un homme avait été assassiné à Copplestone Court.

Miss Peake eut l'air horrifié.

— Assassiné? s'exclama-t-elle. Ici? Ridicule!

— C'est ce que tout le monde a l'air de penser, observa sèchement l'inspecteur, avec un regard significatif à sir Rowland.

— Bien sûr, continua miss Peake, je sais qu'il y a tous ces maniaques dans la nature, qui attaquent les femmes mais vous dites qu'un homme a été assassiné...

L'inspecteur Lord la coupa.

— Vous n'avez pas entendu d'autre voiture ce soir? demanda-t-il avec brusquerie.

— Seulement celle de Mr Hailsham-Brown, répondit-elle.

— Mr Hailsham-Brown? interrogea l'inspecteur Lord en haussant les sourcils. Je croyais qu'on ne l'attendait pas avant tard ce soir.

Son regard se braqua sur Clarissa, qui se hâta d'expliquer :

— Mon mari est rentré, en effet, mais il a dû repartir presque tout de suite.

L'inspecteur Lord prit une expression de patience délibérée.

— Ah, vraiment? commenta-t-il d'un ton de politesse étudiée. Quand est-il rentré, exactement?

— Voyons... se mit à bredouiller Clarissa. Il devait être environ...

— C'était environ un quart d'heure avant la fin de mon service, intervint miss Peake. Je fais beaucoup d'heures supplémentaires, inspecteur. Je ne m'en tiens jamais à l'horaire réglementaire. Faites votre travail de tout votre cœur, voilà ce que je dis, continua-t-elle en frappant la table de son poing. Oui, il devait être environ 19 h 15 quand Mr Hailsham-Brown est rentré.

— C'était donc peu de temps après le départ de Mr Costello, remarqua l'inspecteur.

Il alla se placer au centre de la pièce, et son attitude changea presque imperceptiblement lorsqu'il reprit :

— Mr Hailsham-Brown et lui se sont sans doute croisés.

— Vous voulez dire, déclara pensivement miss Peake, qu'il est peut-être revenu pour voir Mr Hailsham-Brown.

— Oliver Costello n'est certainement pas revenu à la maison, intervint sèchement Clarissa.

— Mais vous ne pouvez pas en être sûre, Mrs Hailsham-Brown, la contredit la jardinière. Il a pu entrer par cette porte-fenêtre sans que vous en sachiez rien. (Elle marqua une pause, puis s'exclama :) Mince alors! Vous ne croyez pas qu'il a assassiné Mr Hailsham-Brown, quand même? Oh, excusez-moi!

— Bien sûr qu'il n'a pas assassiné Henry, répliqua Clarissa, irritée.

— Où est allé votre mari en partant d'ici ? lui demanda l'inspecteur.

— Aucune idée, répondit sèchement Clarissa.

— Est-ce qu'il ne vous dit pas où il va, habituellement ? persista l'inspecteur Lord.

— Je ne pose jamais de questions, lui dit Clarissa. Je crois que ça doit être vraiment ennuyeux pour un homme si sa femme lui pose tout le temps des questions.

Miss Peake poussa soudain un cri perçant.

— Mais que je suis stupide ! cria-t-elle. Évidemment, si la voiture de cet homme est toujours là, alors ça doit être lui qui a été assassiné !

Elle partit d'un rire tonitruant.

Sir Rowland se leva.

— Nous n'avons aucune raison de croire que quiconque a été assassiné, miss Peake, sermonna-t-il dignement. En fait, l'inspecteur pense qu'il s'agissait d'une blague stupide.

Miss Peake n'était visiblement pas de cet avis.

— Mais la voiture, insista-t-elle. Je crois vraiment que la présence de cette voiture est très suspecte.

Elle se leva et s'approcha de l'inspecteur.

— Avez-vous cherché le corps, inspecteur ? lui demanda-t-elle avidement.

— L'inspecteur a déjà fouillé la maison, répondit sir Rowland avant que l'officier de police n'ait eu le temps de parler.

Il fut gratifié d'un regard aigu par l'inspecteur, dont miss Peake était maintenant occupée à tapoter l'épaule tout en continuant d'exprimer son point de vue.

— Je suis sûre que ces Elgin sont mêlés à cette histoire, le majordome et sa femme, qui se prétend cuisinière. Je les soupçonne depuis un bon moment. J'ai vu de la lumière à la fenêtre de leur chambre en venant ici à l'instant. Et c'est déjà suspect en soi. C'est leur soirée de congé, et ils ne rentrent généralement que bien après 23 heures. (Elle agrippa le bras de l'inspecteur.) Avez-vous fouillé leurs appartements ? lui demanda-t-elle d'un ton pressant.

L'inspecteur Lord ouvrit la bouche pour répondre, mais elle l'interrompit d'une autre tape sur l'épaule.

— Écoutez-moi bien. Supposons que ce Mr Costello ait reconnu Elgin comme étant un homme au passé criminel. Costello a peut-être décidé de revenir et d'avertir Mrs Hailsham-Brown de se méfier de cet homme, et Elgin l'a agressé.

L'air extrêmement satisfaite d'elle-même, elle lança un regard circulaire à l'assistance, et continua :

— Ensuite, bien sûr, Elgin a dû rapidement cacher le corps quelque part, afin de pouvoir s'en débarrasser plus tard dans la soirée. Bon, où l'aurait-il caché, je me demande ? s'enquit elle de façon purement rhétorique, s'échauffant à mesure qu'elle développait sa thèse. (Avec un geste vers la porte-fenêtre, elle continua :) Derrière un rideau ou...

Elle fut interrompue par Clarissa qui la coupa avec colère.

— Oh, franchement, miss Peake ! Il n'y a personne caché derrière les rideaux. Et je suis sûre qu'Elgin n'irait jamais assassiner personne. C'est complètement ridicule.

Miss Peake se retourna.

— Vous êtes si naïve, Mrs Hailsham-Brown, la sermonna-t-elle. Quand vous aurez mon âge, vous vous rendrez compte que, très souvent, les gens ne sont pas du tout ce qu'ils paraissent être.

Elle rit de bon cœur et se retourna vers l'inspecteur.

Comme il ouvrait la bouche pour parler, elle lui donna une nouvelle tape sur l'épaule.

— Bon, continua-t-elle, alors où un homme comme Elgin cacherait-il le corps ? Il y a cette espèce de placard entre cette pièce et la bibliothèque. Vous avez regardé dedans, je suppose ?

Sir Rowland se hâta d'intervenir :

— Miss Peake, l'inspecteur a regardé à la fois ici et dans la bibliothèque.

L'inspecteur Lord, cependant, après un regard appuyé sur sir Rowland, se tourna vers la jardinière.

— Qu'entendez-vous exactement par « cette espèce de placard », miss Peake ?

Les autres personnes présentes dans la pièce eurent toutes l'air plus que tendu tandis que miss Peake répondait :

— Oh, c'est un endroit merveilleux pour jouer à cache-cache ! Vous n'iriez jamais songer qu'il se trouve là. Laissez-moi vous le montrer.

Elle alla vers le panneau, suivie par l'inspecteur Lord. Jeremy se leva, et au même instant, Clarissa s'exclama avec force :

— Non !

L'inspecteur et miss Peake se retournèrent tous les deux pour la regarder.

— Il n'y a rien dedans, les informa Clarissa. Je le sais parce que je suis passée par là, pour aller dans la bibliothèque, il y a un instant.

Sa voix s'éteignit dans un murmure. Miss Peake, l'air déçu, murmura : « Ah bon, dans ce cas... » et se détourna du panneau. L'inspecteur, cependant, la rappela :

— Montrez-moi quand même, miss Peake. J'aimerais le voir.

Cette dernière s'approcha des étagères.

— C'était une porte, à l'origine, expliqua-t-elle. Elle correspondait à l'autre, là. (Elle actionna le levier, tout en expliquant :) Vous tirez là-dessus, et la porte s'ouvre. Vous voyez ?

Le panneau s'ouvrit, et le cadavre d'Oliver Costello s'effondra et tomba en avant. Miss Peake poussa un hurlement.

— Alors, remarqua l'inspecteur Lord en regardant Clarissa d'un air sévère, vous vous êtes trompée, Mrs Hailsham-Brown. Il semblerait qu'il y ait bien eu un meurtre ici, ce soir.

Le hurlement de miss Peake devint suraigu.

13

Dix minutes plus tard, les choses s'étaient un peu calmées, car miss Peake ne se trouvait plus dans la pièce. Pas plus, en fait, que Hugo et Jeremy. Le corps d'Oliver Costello, cependant, était toujours affalé dans l'alcôve, dont le panneau était ouvert. Clarissa était étendue sur le canapé, sir Rowland à ses côtés, tenant un verre de cognac qu'il essayait de lui faire boire. L'inspecteur parlait au téléphone, et l'agent continuait de monter la garde.

— Oui, oui... disait l'inspecteur Lord. Comment ? Un accident avec délit de fuite ?... Où ?... Oh, je vois... Oui, eh bien, envoyez-les dès que vous pourrez... Oui, nous aurons besoin de photos... Oui, tout le tremblement.

Il reposa le combiné, et se dirigea vers l'agent.

— Tout arrive en même temps, se plaignit-il en

s'adressant à son collègue. Les semaines passent et rien n'arrive, et maintenant le médecin de la division est parti voir un grave accident de voiture : une collision sur la route de Londres. Tout ça va entraîner pas mal de retard. Malgré tout, nous allons continuer du mieux que nous pourrons en attendant l'arrivée du médecin. (Il eut un geste en direction du cadavre.) Nous ferions mieux de ne pas le déplacer tant qu'ils n'auront pas pris les photos, suggéra-t-il. Ça ne nous apprendra rien, remarquez. Il n'a pas été tué là, on l'y a mis après coup.

— Comment pouvez-vous en être sûr, monsieur? demanda l'agent Jones.

L'inspecteur baissa les yeux vers le tapis.

— On voit où ses pieds ont traîné, indiqua-t-il en s'accroupissant derrière le canapé.

L'agent Jones s'agenouilla à côté de lui.

Sir Rowland regarda par-dessus le dossier du canapé, puis se tourna vers Clarissa pour demander :

— Comment te sens-tu, à présent?

— Mieux, merci, Roly, répondit-elle d'une voix faible.

Les deux officiers de police se levèrent.

— Il vaudrait peut-être mieux refermer cette porte à côté des étagères, ordonna l'inspecteur Lord à son collègue. Nous ne voulons pas subir d'autres scènes d'hystérie.

— Bien, monsieur, répondit l'agent Jones.

Il ferma le panneau de façon à cacher le corps. Au même moment, sir Rowland se leva du canapé pour s'adresser à l'inspecteur.

— Mrs Hailsham-Brown a subi un choc important, dit-il au policier. Je crois qu'elle devrait aller s'allonger dans sa chambre.

Poliment, mais avec une certaine réserve, l'inspecteur Lord répondit :

— Certainement, monsieur, mais pas avant un petit moment. J'aimerais lui poser d'abord quelques questions.

Sir Rowland insista :

— Elle n'est vraiment pas en état d'être interrogée pour le moment.

— Je vais bien, Roly, intervint faiblement Clarissa. Je t'assure.

Sir Rowland s'adressa à elle, la mettant en garde :

— C'est très courageux de ta part, ma chérie, mais je crois vraiment qu'il serait plus sage d'aller te reposer un moment.

— Cher oncle Roly, répondit Clarissa avec un sourire. (S'adressant à l'inspecteur, elle ajouta :) Je l'appelle parfois oncle Roly, bien qu'il soit mon tuteur, et non mon oncle. Mais il est toujours si gentil avec moi.

— Oui, je vois ça, répondit sèchement le policier.

— Je vous en prie, demandez-moi tout ce que vous voudrez, inspecteur, continua gracieusement Clarissa. Bien qu'en fait je ne croie pas pouvoir vous aider beaucoup, j'en ai peur, parce que je ne sais absolument rien sur toute cette histoire.

Sir Rowland soupira, secoua la tête, et se détourna.

— Nous ne vous ennuierons pas longtemps, madame, assura l'inspecteur.

Allant à la porte de la bibliothèque, il la tint ouverte, et se retourna pour s'adresser à sir Rowland.

— Voulez-vous rejoindre les autres messieurs dans la bibliothèque, monsieur? suggéra-t-il.

— Je crois que je ferais mieux de rester ici, au cas où... commença Sir Rowland, mais il fut interrompu par l'inspecteur qui annonça d'un ton plus ferme :

— Je vous appellerai si c'est nécessaire, monsieur. Dans la bibliothèque, je vous prie.

Après l'avoir brièvement affronté du regard, sir Rowland admit sa défaite et se rendit dans la bibliothèque. L'inspecteur ferma la porte derrière lui, puis il indiqua silencieusement à l'agent Jones de s'asseoir et de prendre des notes. Clarissa ôta ses pieds du canapé et se redressa, tandis que l'agent Jones sortait son calepin et un crayon.

— Bon, Mrs Hailsham-Brown, commença l'inspecteur Lord, si vous êtes prête, allons-y.

Il prit la boîte à cigarettes sur la table près du canapé, la retourna, l'ouvrit, et regarda les cigarettes qui s'y trouvaient.

— Cher oncle Roly, il veut toujours me protéger de tout, dit Clarissa à l'inspecteur Lord avec un sourire enchanteur. (Puis, le voyant manipuler la boîte à cigarettes, elle prit un air anxieux.) Vous n'allez pas me faire subir la question extraordinaire, j'espère? demanda-t-elle, essayant de donner à sa demande l'apparence d'une plaisanterie.

— Rien de ce genre, madame, je vous assure. Juste quelques questions simples. (Il se tourna vers l'agent.) Vous êtes prêt, Jones? demanda-t-il tout en tirant une chaise de la table de bridge, qu'il retourna avant de s'asseoir face à Clarissa.

— Prêt, monsieur, répondit l'agent Jones.

— Bien. Mrs Hailsham-Brown, commença l'inspecteur Lord. Vous dites que vous ne saviez absolument pas qu'il y avait un corps dissimulé dans cette alcôve ?

L'agent Jones commença de prendre ses notes tandis que Clarissa répondait, les yeux écarquillés :

— Non, bien sûr que non. C'est horrible. (Elle frissonna.) Vraiment horrible.

L'inspecteur la considéra d'un air interrogateur.

— Quand nous avons fouillé cette pièce, demanda-t-il, pourquoi n'avez-vous pas attiré notre attention sur cette alcôve ?

Clarissa soutint son regard avec un air d'innocence étonnée.

— Vous savez, dit-elle, je n'y ai pas pensé une seconde. Voyez-vous, nous n'utilisons jamais l'alcôve, de sorte que ça ne m'est simplement pas venu à l'esprit.

L'inspecteur Lord bondit.

— Mais vous avez dit, lui rappela-t-il, que vous veniez de l'utiliser pour passer dans la bibliothèque.

— Oh non ! s'exclama vivement Clarissa. Vous avez dû mal comprendre.

Elle indiqua la porte de la bibliothèque.

— Je voulais dire que nous étions passés par cette porte pour aller dans la bibliothèque.

— Oui, j'ai certainement dû mal vous comprendre, observa l'inspecteur d'un air sombre. Bon, laissez-moi au moins clarifier un point. Vous dites que vous n'avez aucune idée du moment où Mr Costello est revenu dans la maison, ni de la raison qui a pu l'y ramener?

— Non, je ne vois vraiment pas, répondit Clarissa d'une voix débordant de candeur innocente.

— Mais le fait est, malgré tout, qu'il est bien revenu, persista l'inspecteur Lord.

— Oui, bien sûr. Nous le savons, à présent.

— Eh bien, il devait avoir une raison, fit remarquer l'inspecteur.

— Je suppose que oui, convint Clarissa. Mais je ne vois vraiment pas laquelle.

L'inspecteur Lord réfléchit un instant, puis essaya un autre angle d'approche.

— Croyez-vous qu'il aurait pu vouloir voir votre mari? suggéra-t-il.

— Oh non! s'empressa de répondre Clarissa, je suis certaine que non. Henry et lui ne se sont jamais appréciés.

— Oh! s'exclama l'inspecteur. Ils ne se sont jamais appréciés. Je l'ignorais. Y avait-il eu une querelle entre eux?

Là encore, Clarissa s'empressa de répondre pour l'empêcher de s'engager dans une voie nouvelle et potentiellement dangereuse.

— Oh non! assura-t-elle, non, ils ne s'étaient pas querellés. Henry trouvait juste qu'il ne savait pas choisir ses chaussures. (Elle eut un sourire charmeur.) Vous savez comme les hommes peuvent être bizarres.

L'expression de l'inspecteur Lord suggéra que c'était là un fait dont il ignorait personnellement l'existence.

— Vous êtes absolument certaine que Costello ne

serait pas revenu ici pour vous voir? demanda-t-il encore.

— Me voir, moi? répéta innocemment Clarissa. Oh non, je suis sûre que non! Quelle raison aurait bien pu l'y pousser?

L'inspecteur Lord prit une profonde inspiration. Puis, d'une voix lente et délibérée, il lui demanda :

— Y a-t-il quelqu'un d'autre dans la maison qu'il aurait pu désirer voir? Je vous en prie, réfléchissez bien avant de répondre.

Une fois de plus, Clarissa lui adressa un regard plein d'innocence étonnée.

— Je ne vois vraiment pas qui, insista-t-elle. Il n'y a personne d'autre, en fait.

L'inspecteur Lord se leva, retourna sa chaise et la replaça devant la table de bridge. Puis, en faisant lentement les cent pas dans la pièce, il se mit à penser tout haut.

— Mr Costello vient ici, commença-t-il calmement, et vous rend les articles que la première Mrs Hailsham-Brown avait emportés par erreur. Puis il prend congé. Mais ensuite, il revient dans la maison.

Il alla vers la porte-fenêtre.

— On peut présumer qu'il est entré par cette porte-fenêtre, continua-t-il en la désignant d'un geste. Il est tué et son corps est traîné dans cette alcôve, tout cela en l'espace d'environ dix à vingt minutes.

Il se retourna face à Clarissa.

— Et personne n'entend rien? conclut-il en haussant le ton. Je trouve cela très difficile à croire.

— Je sais, reconnut Clarissa. Je trouve ça tout aussi

difficile à croire. C'est vraiment extraordinaire, n'est-ce pas ?

— Certainement, acquiesça l'inspecteur Lord d'un ton nettement ironique.

Il essaya une dernière fois :

— Mrs Hailsham-Brown, êtes-vous absolument sûre de n'avoir rien entendu ? demanda-t-il en appuyant ses mots.

— Je n'ai rien entendu du tout. C'est vraiment incroyable.

— Presque trop incroyable, commenta l'inspecteur Lord d'un air sombre. (Il marqua une pause, puis alla vers la porte du hall et la tint ouverte.) Bon, c'est tout pour l'instant, Mrs Hailsham-Brown.

Clarissa se leva et marcha d'un pas un peu trop rapide vers la porte de la bibliothèque, mais elle fut interceptée par l'inspecteur Lord.

— Pas par là, s'il vous plaît, lui ordonna-t-il, et il la conduisit vers la porte du hall.

— Mais je crois que je préférerais rejoindre les autres, protesta-t-elle.

— Plus tard, si ça ne vous ennuie pas, dit sèchement l'inspecteur.

Sans le moindre enthousiasme, Clarissa sortit par la porte du hall.

14

L'inspecteur Lord referma la porte du hall derrière Clarissa, puis s'approcha de l'agent qui écrivait toujours dans son calepin.

— Où est l'autre femme ? La jardinière. Miss... euh... Peake ? demanda l'inspecteur.

— Je l'ai mise sur le lit dans la chambre d'amis, dit l'agent Jones à son supérieur. Une fois qu'elle est revenue de sa crise d'hystérie, j'entends. Elle m'a fait passer un mauvais quart d'heure, elle riait et pleurait que c'était terrible à voir.

— Peu importe si Mrs Hailsham-Brown va lui parler, dit l'inspecteur Lord. Mais elle ne doit pas parler à ces trois hommes. Nous ne voulons pas qu'ils comparent leurs versions, ou qu'ils se soufflent les réponses.

J'espère que vous avez fermé à clé la porte de la bibliothèque qui donne dans le hall?

— Oui, monsieur, assura l'agent Jones. J'ai la clé sur moi.

— Je ne sais pas quoi penser d'eux tous, avoua l'inspecteur à son collègue. Ce sont tous des gens très respectables. Hailsham-Brown est un diplomate du Foreign Office, Hugo Birch est juge de paix et nous le connaissons, et les deux autres invités ont l'air de gens honnêtes et distingués, enfin, vous voyez ce que je veux dire... Mais il se passe quelque chose de louche. Aucun d'eux n'est franc avec nous et j'y inclus Mrs Hailsham-Brown. Ils cachent quelque chose, et je suis déterminé à trouver de quoi il s'agit, que ce soit en rapport avec ce meurtre ou non.

Il tendit les bras au-dessus de sa tête comme s'il cherchait à recevoir l'inspiration d'en haut, puis s'adressa de nouveau à l'agent Jones :

— Bon, on ferait mieux de continuer. Prenons-les un par un.

Comme l'agent Jones se levait, l'inspecteur Lord changea d'avis.

— Non. Un instant. Je vais d'abord parler à ce majordome, décida-t-il.

— Elgin?

— Oui, Elgin. Faites-le venir. J'ai dans l'idée qu'il sait quelque chose.

— Certainement, monsieur, répondit l'agent Jones.

Quittant la pièce, il trouva Elgin en train de rôder près de la porte du salon. Le majordome tenta de faire mine de se diriger vers l'escalier, mais s'arrêta quand l'agent l'appela et entra dans la pièce, l'air plutôt nerveux.

L'agent Jones ferma la porte du hall et reprit place pour prendre des notes, tandis que l'inspecteur indiquait une chaise près de la table de bridge.

Elgin s'assit, et l'officier de police commença son interrogatoire :

— Bon, vous êtes parti au cinéma ce soir, mais vous êtes revenu. Pourquoi cela ?

— Je vous l'ai dit, monsieur. Ma femme ne se sentait pas bien.

L'inspecteur Lord le considéra attentivement.

— C'est vous qui avez fait entrer Mr Costello quand il est venu ce soir, n'est-ce pas ? demanda-t-il.

— Oui, monsieur.

L'inspecteur s'éloigna de quelques pas, puis se retourna brusquement.

— Pourquoi ne pas nous avoir dit tout de suite que c'était la voiture de Mr Costello qui était dehors ? demanda-t-il.

— Je ne savais pas à qui elle appartenait, monsieur. Mr Costello n'est pas venu jusqu'à la porte avec elle. Je ne savais même pas qu'il était venu en voiture.

— N'était-ce pas plutôt étrange ? De laisser sa voiture près des écuries ? suggéra l'inspecteur Lord.

— Eh bien oui, monsieur, je suppose que ça l'était. Mais j'imagine qu'il avait ses raisons.

— Qu'entendez-vous par là, exactement ? demanda vivement l'inspecteur.

— Rien, monsieur, répondit Elgin. (Il paraissait presque content de lui.) Rien du tout.

— Aviez-vous jamais vu Mr Costello auparavant ?

L'inspecteur posa cette question d'une voix cassante.

— Jamais, monsieur.

L'inspecteur Lord prit un ton lourd de sens pour demander :

— Ce n'est pas à cause de Mr Costello que vous êtes revenu ce soir ?

— Je vous l'ai dit, monsieur. Ma femme...

— Je ne veux plus entendre parler de votre femme, l'interrompit l'inspecteur. (S'éloignant d'Elgin, il continua :) Depuis combien de temps êtes-vous au service de Mrs Hailsham-Brown ?

— Six semaines, monsieur.

L'inspecteur se retourna face à Elgin.

— Et avant ça ?

— Je... je prenais un peu de repos, répondit le majordome, mal à l'aise.

— Du repos ? répéta l'inspecteur Lord d'un ton soupçonneux. (Il marqua une pause, puis ajouta :) Vous êtes conscient que, dans une affaire comme celle-ci, vos références vont devoir être examinées de très près.

Elgin fit mine de se lever.

— Si vous n'avez plus besoin de moi... commença-t-il, puis il s'arrêta et se rassit. Je ne voudrais surtout pas vous tromper, monsieur. Ce n'était rien de vraiment mal. C'est-à-dire... comme l'original des références avait été déchiré... je ne me souvenais pas tout à fait de la formulation...

— Alors vous avez rédigé vos propres références,

l'interrompit l'inspecteur. C'est à cela que ça revient, n'est-ce pas ?

— Je ne voulais de mal à personne, protesta Elgin. Je dois gagner ma vie...

L'inspecteur Lord l'interrompit à nouveau :

— Pour le moment, les fausses références ne m'intéressent pas. Je veux savoir ce qui s'est passé ici ce soir, et ce que vous savez de Mr Costello.

— Je ne l'avais jamais vu de ma vie, insista Elgin.

Tournant les yeux vers la porte du hall, il continua :

— Mais j'ai une idée de la raison qui l'a amené ici.

— Oh, et quelle est-elle ? voulut savoir l'inspecteur.

— Le chantage, dit Elgin. Il savait quelque chose sur elle.

— Par « elle », dit l'inspecteur Lord, je suppose que vous voulez dire Mrs Hailsham-Brown.

— Oui ! continua Elgin avec enthousiasme. Je suis entré pour lui demander si elle désirait autre chose, et je les ai entendus parler.

— Qu'avez-vous entendu exactement ?

— Je l'ai entendue qui disait : « Mais c'est du chantage. Je refuse de m'y soumettre. »

Elgin adoptait un ton extrêmement dramatique en citant les paroles de Clarissa.

— Hum ! répondit l'inspecteur, quelque peu dubitatif. Autre chose ?

— Non, reconnut Elgin. Ils se sont tus quand je suis entré, et quand je suis sorti ils ont baissé la voix.

— Je vois.

Il lança un regard appuyé au majordome, attendant qu'il reprenne la parole.

Elgin se leva de sa chaise. Sa voix était presque geignarde lorsqu'il supplia :

— Vous ne serez pas dur avec moi, monsieur, n'est-ce pas ? J'ai déjà eu assez d'ennuis comme ça.

L'inspecteur Lord le considéra encore un peu, puis déclara avec dédain :

— Oh, ça suffit. Sortez.

— Oui, monsieur. Merci, monsieur, s'empressa de répondre Elgin, qui sortit précipitamment dans le hall.

L'inspecteur le regarda partir, puis se tourna vers l'agent Jones.

— Chantage, hein ? murmura-t-il en échangeant un regard avec son collègue.

— Et Mrs Hailsham-Brown qui a l'air d'une dame si charmante, observa l'agent avec un air un peu pincé.

— Oui, bon, on ne sait jamais, avec les gens, remarqua l'inspecteur Lord.

Il s'interrompit, puis ordonna sèchement :

— Je vais voir Mr Birch, maintenant.

L'agent Jones alla à la porte de la bibliothèque.

— Mr Birch, s'il vous plaît.

Hugo entra, l'air fermé et quelque peu rebelle. L'agent ferma la porte derrière lui et s'assit devant la table, pendant que l'inspecteur accueillait Hugo avec amabilité.

— Entrez, Mr Birch, l'invita-t-il. Asseyez-vous là, je vous prie.

Hugo s'assit, et l'inspecteur reprit :

— Voilà une affaire très déplaisante, j'en ai peur, monsieur. Qu'avez-vous à nous dire à son sujet ?

Plaquant violemment son étui à lunettes sur la table, Hugo répondit d'un air de défi :

— Absolument rien.

— Rien ? interrogea l'inspecteur Lord, l'air surpris.

— Que voulez-vous que je dise ? s'exclama Hugo. Cette fichue bonne femme ouvre le fichu placard, et voilà qu'en tombe un fichu cadavre. (Il eut un grognement d'impatience.) Ça m'a coupé le sifflet. Je ne m'en suis pas encore remis. (Il foudroya l'inspecteur du regard.) Inutile de me demander quoi que ce soit, annonça-t-il fermement, parce que je ne suis au courant de rien.

L'inspecteur considéra attentivement Hugo un instant avant de demander :

— C'est votre déclaration ? Juste que vous n'êtes au courant de rien ?

— C'est ce que je vous dis, répéta Hugo. Ce n'est pas moi qui ai tué ce type.

Il le foudroya à nouveau du regard.

— Je ne le connaissais même pas.

— Vous ne le connaissiez pas, répéta l'inspecteur Lord. Très bien. Je ne prétends pas que vous le connaissiez. Je ne prétends certainement pas que vous l'avez tué. Mais je ne peux pas croire que vous ne soyez « au courant de rien », comme vous dites. Alors collaborons pour découvrir ce que vous savez. Pour commencer, vous aviez entendu parler de lui, n'est-ce pas ?

— Oui, lâcha Hugo, et j'avais entendu dire que c'était un sale bonhomme.

— De quelle manière ? demanda calmement l'inspecteur.

— Oh, je ne sais pas ! fulmina Hugo. C'était le genre de type que les femmes apprécient et les hommes pas. Ce genre de choses.

L'inspecteur Lord marqua une pause avant de demander prudemment :

— Vous ne voyez pas du tout pourquoi il a pu revenir dans la maison une seconde fois ce soir ?

— Aucune idée, répondit Hugo avec mépris.

L'inspecteur fit quelques pas dans la pièce, puis se retourna brusquement pour faire face à Hugo.

— Y avait-il quoi que ce soit entre lui et l'actuelle Mrs Hailsham-Brown, à votre avis ?

Hugo parut choqué.

— Clarissa ? Seigneur, non ! Une brave fille, Clarissa. Beaucoup de bon sens. Elle n'irait pas s'intéresser à un type comme lui.

L'inspecteur Lord marqua une nouvelle pause, et déclara finalement :

— Alors vous ne pouvez pas nous aider.

— Désolé. Mais c'est comme ça, répondit Hugo d'un air qu'il voulait nonchalant.

Dans un dernier effort pour tirer de Hugo au moins une miette d'information, l'inspecteur demanda :

— Vous ne saviez vraiment pas que le corps était dans cette alcôve ?

— Bien sûr que non, répondit Hugo, qui avait maintenant l'air offensé.

— Merci, monsieur, dit l'inspecteur Lord en se détournant de lui.

— Quoi ? demanda vaguement Hugo.

— C'est tout, merci, monsieur, répéta l'inspecteur.

Il alla au bureau et prit un livre rouge qui se trouvait dessus.

Hugo se leva, récupéra son étui à lunettes, et était sur le point de se diriger vers la porte de la bibliothèque quand l'agent se leva et lui barra le passage. Hugo se tourna alors vers la porte-fenêtre, mais l'agent déclara : « Par ici, Mr Birch, je vous prie », et ouvrit la porte du hall. Résigné, Hugo sortit et l'agent Jones ferma la porte.

L'inspecteur emporta l'énorme livre rouge sur la table de bridge et s'assit pour le consulter, tandis que l'agent commentait ironiquement :

— Mr Birch est une vraie mine d'informations, n'est-ce pas ? Remarquez, ce n'est pas très agréable pour un juge de paix d'être mêlé à un meurtre.

L'inspecteur Lord se mit à lire à voix haute.

— « Delahaye, sir Rowland Edward Mark, KCB, MVO... »

— Qu'est-ce que vous avez là ? demanda l'agent.

Il regarda par-dessus l'épaule de l'inspecteur.

— Oh, le *Who's who* !

L'inspecteur continua sa lecture.

— « Études à Eton... Trinity College... » Hum ! « Attaché au Foreign Office... Second secrétaire... Madrid... Plénipotentiaire. »

— Oh oh ! s'exclama l'agent Jones quand il entendit le dernier mot.

L'inspecteur Lord lui adressa un regard exaspéré, et continua :

— « Constantinople, Foreign Office, mission spéciale accomplie... Clubs... Boodles... Whites. »

— Vous voulez le voir maintenant, monsieur? demanda l'agent Jones.

L'inspecteur réfléchit un instant.

— Non. C'est le plus intéressant du lot, alors je vais le garder pour la fin. Faites donc entrer le jeune Warrender, maintenant.

15

L'agent Jones, debout à la porte de la bibliothèque, appela :

— Mr Warrender, s'il vous plaît.

Jeremy entra, essayant sans vraiment y parvenir d'avoir l'air parfaitement à son aise. L'agent ferma la porte et reprit sa place devant la table, pendant que l'inspecteur se levait à demi et tirait une chaise devant la table de bridge pour Jeremy.

— Asseyez-vous, ordonna-t-il avec quelque brusquerie en se rasseyant.

Jeremy s'assit, et l'inspecteur Lord lui demanda cérémonieusement :

— Votre nom ?

— Jeremy Warrender.

— Adresse ?

— 340, Broad Street, et 34 Grosvenor Square, lui dit Jeremy, essayant de prendre un air nonchalant.

Il adressa un bref regard à l'agent qui prenait note de tout cela, et ajouta :

— Résidence secondaire : Hepplestone, Wiltshire.

— On dirait que vous êtes un monsieur indépendant et fortuné, commenta l'inspecteur.

— Je crains bien que non, reconnut Jeremy avec un sourire. Je suis secrétaire particulier de Sir Kenneth Thomson, le président de Saxon-Arabian Oil. Ce sont ses adresses.

L'inspecteur Lord acquiesça.

— Je vois. Depuis combien de temps êtes-vous à son service ?

— Environ un an. Avant ça, j'ai été l'assistant personnel de Mr Scott Agius pendant quatre ans.

— Ah oui ! dit l'inspecteur. C'est ce riche homme d'affaires de la City, n'est-ce pas ? (Il réfléchit un moment avant de lui demander :) Vous connaissiez cet homme, Oliver Costello ?

— Non, je n'avais jamais entendu parler de lui avant ce soir.

— Et vous ne l'avez pas vu quand il est venu à la maison plus tôt dans la soirée ?

— Non, répondit Jeremy. J'étais allé au club de golf avec les autres. Nous avons dîné là-bas, voyez-vous. C'était la soirée de congé des domestiques, et Mr Birch nous avait invités à dîner avec lui au club.

L'inspecteur Lord hocha la tête. Après une pause, il demanda :

— Mrs Hailsham-Brown était-elle invitée, elle aussi ?

— Non, dit Jeremy.

L'inspecteur haussa les sourcils, et Jeremy s'empressa d'enchaîner.

— C'est-à-dire, expliqua-t-il, qu'elle aurait pu venir si elle avait voulu.

— Vous voulez dire qu'elle avait été invitée, alors? Et qu'elle a refusé?

— Non, non, répondit précipitamment Jeremy, qui paraissait s'énerver. Ce que je veux dire, c'est... eh bien, Hailsham-Brown est généralement très fatigué quand il rentre chez lui, et Clarissa a dit qu'ils se contenteraient d'un dîner improvisé ici, comme d'habitude.

L'inspecteur Lord parut dérouté.

— Attendez que je comprenne, dit-il d'un ton cassant. Mrs Hailsham-Brown s'attendait à ce que son mari dîne ici? Elle ne s'attendait pas à le voir ressortir dès son retour?

Jeremy était maintenant tout à fait énervé.

— Je... euh... eh bien... euh... en fait, je ne sais pas, bredouilla-t-il. Non... maintenant que vous le dites, je crois qu'elle a dit qu'il serait absent ce soir.

L'inspecteur Lord se leva et fit quelques pas, s'éloignant de Jeremy.

— Il semble curieux, alors, observa-t-il, que Mrs Hailsham-Brown ne soit pas allée au club avec vous trois, au lieu de rester ici à dîner toute seule.

Jeremy se tourna sur sa chaise pour faire face à l'inspecteur.

— Eh bien... euh... eh bien, commença-t-il, puis, prenant de l'assurance, il enchaîna rapidement : En fait, c'était la gamine, Pippa, vous savez. Clarissa n'aurait pas voulu sortir et laisser la gamine toute seule dans la maison.

— Ou peut-être, suggéra l'inspecteur Lord en insistant lourdement sur les mots, peut-être avait-elle l'intention de recevoir un visiteur de son côté ?

Jeremy se leva.

— Dites donc, cette insinuation est dégradante ! s'exclama-t-il avec passion. Et ce n'est pas vrai. Je suis sûr qu'elle n'a jamais eu une telle intention.

— Pourtant, Oliver Costello est venu ici pour rencontrer quelqu'un, fit remarquer l'inspecteur Lord. Les deux domestiques étaient sortis. Miss Peake a son propre cottage. Il n'y avait vraiment personne qu'il aurait pu venir voir dans la maison, en dehors de Mrs Hailsham-Brown.

— Tout ce que je peux dire, c'est... commença Jeremy. (Puis, se détournant, il ajouta mollement :) Enfin, vous feriez mieux de lui poser la question.

— Je la lui ai posée.

— Qu'a-t-elle dit ? demanda Jeremy en se retournant face à l'officier de police.

— Exactement la même chose que vous, répondit suavement l'inspecteur.

Jeremy se rassit à la table de bridge.

— Vous avez votre réponse, alors.

L'inspecteur fit quelques pas dans la pièce, les yeux baissés vers le sol, comme s'il était profondément absorbé par ses pensées. Puis il se retourna face à Jeremy.

— Maintenant, dites-moi comment il s'est trouvé

que vous êtes tous rentrés du club. Était-ce votre intention, à l'origine ?

— Oui, répondit Jeremy, mais il s'empressa de changer sa réponse. Je veux dire, non.

— Quelle réponse est la bonne, monsieur? interrogea mielleusement l'inspecteur Lord.

Jeremy prit une profonde inspiration.

— Eh bien, commença-t-il, voilà ce qui s'est passé. Nous sommes tous allés au club. Sir Rowland et le vieux Hugo sont passés directement dans la salle à manger, et je les ai rejoints un peu plus tard. C'est un buffet froid, vous savez. J'ai fait quelques balles jusqu'à la tombée de la nuit, et ensuite, eh bien, quelqu'un a dit : « Ça vous dirait, un bridge ? », et j'ai répondu : « Eh bien, pourquoi ne pas rentrer chez les Hailsham-Brown, où c'est plus confortable, et jouer là-bas ? » Alors c'est ce que nous avons fait.

— Je vois, observa l'inspecteur Lord. Alors c'était votre idée ?

Jeremy haussa les épaules.

— Je ne me souviens vraiment pas qui l'a suggéré le premier, reconnut-il. C'était peut-être Hugo Birch, je pense.

— Et vous êtes arrivés ici quand ?

Jeremy réfléchit un instant, puis secoua la tête.

— Je ne saurais le dire exactement, murmura-t-il. Nous avons probablement quitté le pavillon du club juste avant 20 heures.

— Et c'est à combien? interrogea l'inspecteur. À cinq minutes de marche ?

— Oui, à peu près. Le terrain de golf est contigu à ce jardin, répondit Jeremy en regardant par la fenêtre.

L'inspecteur s'approcha de la table de bridge, et considéra le plateau.

— Et ensuite, vous avez joué au bridge ?

— Oui, confirma Jeremy.

L'inspecteur Lord hocha lentement la tête.

— Ce devait être environ vingt minutes avant mon arrivée ici, calcula-t-il. (Il se mit à marcher lentement autour de la table.) Vous n'avez sûrement pas eu le temps de finir deux parties et d'en commencer... (Il leva le bloc-notes de Clarissa pour que Jeremy puisse le voir.)... une troisième ?

— Quoi ? (Jeremy eut l'air dérouté un instant, mais répondit rapidement :) Oh, non ! Non. Cette première partie, ce devait être le score d'hier.

Indiquant les autres bloc-notes, l'inspecteur Lord remarqua pensivement :

— On dirait qu'une seule personne a noté les points.

— Oui, acquiesça Jeremy. J'ai bien peur que nous ne soyons tous un peu trop paresseux pour ça. Nous en avons laissé le soin à Clarissa.

L'inspecteur Lord se dirigea vers le canapé.

— Étiez-vous au courant du passage entre cette pièce et la bibliothèque ? demanda-t-il.

— Vous voulez dire l'endroit où on a trouvé le corps ?

— C'est ce que je veux dire.

— Non. Non, je n'en avais aucune idée, affirma

Jeremy. Excellent camouflage, pas vrai? On ne devinerait jamais son existence.

L'inspecteur Lord s'assit sur un bras du canapé, s'y adossa et dérangea un coussin. Il remarqua les gants qui se trouvaient sous le coussin. Il avait une expression sérieuse lorsqu'il déclara doucement :

— En conséquence, Mr Warrender, vous ne pouviez pas savoir qu'il y avait un cadavre dans ce passage. N'est-ce pas?

Jeremy se détourna.

— Vous auriez pu me renverser avec une plume, comme dit le proverbe, répondit-il. Un vrai mélodrame. Je n'en croyais pas mes yeux.

Pendant que Jeremy parlait, l'inspecteur avait trié les gants sur le canapé. Il lui en montrait maintenant une paire, à la manière d'un prestidigitateur.

— À propos, ces gants vous appartiennent-ils, Mr Warrender? demanda-t-il d'un ton qu'il voulait dégagé.

Jeremy se retourna vers lui.

— Non. Je veux dire, oui, répondit-il confusément.

— Une fois de plus, quelle est la réponse, monsieur?

— Oui, ils sont à moi, je crois.

— Les portiez-vous quand vous êtes revenu du club de golf?

— Oui, se souvint Jeremy. Je me rappelle, à présent. Oui, je les portais. Il fait un peu frisquet, ce soir.

L'inspecteur Lord se leva du bras du canapé, et s'approcha de Jeremy.

— Je crois que vous vous trompez, monsieur. (Indiquant les initiales à l'intérieur des gants, il fit remarquer :) Ils portent les initiales de Mr Hailsham-Brown à l'intérieur.

Lui rendant calmement son regard, Jeremy répondit :

— Oh, c'est curieux. J'en ai une paire exactement semblable.

L'inspecteur Lord retourna vers le canapé, se rassit sur le bras et, se penchant, prit la seconde paire de gants.

— Peut-être ceux-ci sont-ils à vous? suggéra-t-il.

Jeremy rit.

— Vous ne m'aurez pas une deuxième fois. Après tout, une paire de gants ressemble à une autre.

L'inspecteur produisit la troisième paire de gants.

— Trois paires de gants, murmura-t-il en les examinant. Et toutes portent les initiales de Hailsham-Brown à l'intérieur. Curieux.

— Eh bien, nous sommes chez lui, après tout, fit remarquer Jeremy. Pourquoi ne laisserait-il pas traîner trois paires de gants?

— La seule chose intéressante, répondit l'inspecteur Lord, c'est que vous avez cru que l'une d'elles pouvait être à vous. Et je crois que vos gants dépassent de votre poche, en ce moment même.

Jeremy mit la main dans sa poche droite.

— Non, l'autre poche, lui dit l'inspecteur.

Sortant les gants de sa poche gauche, Jeremy s'exclama :

— Ah oui! Oui, en effet!

— Ils ne ressemblent pas vraiment à ceux-ci. Si? demanda l'inspecteur avec insistance.

— En fait, ceux-ci sont mes gants de golf, répondit Jeremy en souriant.

— Merci, Mr Warrender, dit brusquement l'inspecteur Lord en lui signifiant son congé, et il remit le coussin en place sur le canapé. Ce sera tout pour l'instant.

Jeremy se leva, l'air contrarié.

— Écoutez ! s'exclama-t-il, vous ne croyez pas...

Il s'interrompit.

— Je ne crois pas quoi, monsieur? demanda l'inspecteur.

— Rien, répondit Jeremy d'un air hésitant.

Il marqua une pause, puis se dirigea vers la porte de la bibliothèque, mais l'agent Jones l'intercepta. Se retournant vers l'inspecteur Lord, Jeremy indiqua silencieusement, d'un air interrogateur, la porte du hall. L'inspecteur acquiesça, et Jeremy sortit de la pièce, fermant la porte du hall derrière lui.

Laissant les gants sur le canapé, l'inspecteur Lord se dirigea vers la table de bridge, s'assit, et consulta de nouveau le *Who's who*.

— Nous y voilà, murmura-t-il, et il se mit à lire à voix haute : « Thomson, sir Kenneth. Président de la société Saxon-Arabian Oil et de la société Gulf Petroleum. » Hum ! Impressionnant. « Loisirs : philatélie, golf, pêche. Adresse : 340 Broad Street, 34 Grosvenor Square. »

Tandis que l'inspecteur lisait, l'agent Jones se dirigea vers la table placée près du canapé et se mit à tailler son crayon dans le cendrier. Se baissant pour ramasser quelques copeaux sur le sol, il vit une carte à jouer qui traînait là et l'apporta à la table de bridge, la jetant devant son supérieur.

— Qu'avez-vous là? demanda l'inspecteur.

— Juste une carte, monsieur. Je l'ai trouvée là-bas, sous le canapé.

L'inspecteur Lord ramassa la carte.

— L'as de pique, nota-t-il. Une carte très intéressante. Tenez, attendez une minute. (Il retourna la carte.) Rouge. C'est le même paquet.

Il prit le paquet de cartes rouges sur la table, et les étala.

L'agent Jones l'aida à trier les cartes.

— Tiens tiens, pas d'as de pique! s'exclama l'inspecteur. (Il se leva de sa chaise.) Voilà qui est remarquable, vous ne croyez pas, Jones? demanda-t-il en mettant la carte dans sa poche et en se dirigeant vers le canapé. Ils ont réussi à jouer au bridge en se passant d'as de pique.

— Très remarquable, en effet, monsieur, acquiesça l'agent Jones en rangeant les cartes sur la table.

L'inspecteur Lord prit les trois paires de gants sur le canapé.

— Et maintenant, je crois que nous allons voir sir Rowland Delahaye, ordonna-t-il à l'agent en rapportant les gants sur la table de bridge, où il les étala par paires.

16

L'agent Jones ouvrit la porte de la bibliothèque et appela :

— Sir Rowland Delahaye.

Comme sir Rowland s'arrêtait dans l'encadrement de la porte, l'inspecteur lança :

— Veuillez entrer, monsieur, et vous asseoir ici, je vous prie.

Sir Rowland s'approcha de la table de bridge, s'arrêta un instant en remarquant les gants étalés dessus, puis s'assit.

— Vous êtes sir Rowland Delahaye? lui demanda cérémonieusement l'inspecteur Lord.

Devant son hochement de tête affirmatif et grave, il poursuivit :

— Quelle est votre adresse?

— Long Paddock, Littlewich Green, Lincolnshire, répondit sir Rowland. (En tapotant du doigt l'exemplaire du *Who's who,* il ajouta :) Vous ne l'avez pas trouvée, inspecteur?

Ce dernier choisit d'ignorer la question.

— Maintenant, si vous le voulez bien, dit-il, j'aimerais avoir votre récit de la soirée, après votre départ de cette maison, peu avant 19 heures.

Sir Rowland avait visiblement réfléchi à cela.

— Il avait plu toute la journée, commença-t-il posément, et soudain, le temps s'est éclairci. Nous étions déjà convenus d'aller dîner au club de golf, car c'était la soirée de congé des domestiques. C'est donc ce que nous avons fait.

Il jeta un regard rapide à l'agent, comme pour s'assurer qu'il suivait, puis continua :

— Comme nous finissions de dîner, Mrs Hailsham-Brown nous a téléphoné et a suggéré, puisque son mari avait dû ressortir de façon inattendue, que nous revenions ici tous les trois pour jouer au bridge. Nous sommes donc revenus. Environ vingt minutes après que nous avons commencé à jouer, vous êtes arrivé, inspecteur. Le reste, vous le savez.

L'inspecteur Lord parut songeur.

— Ce n'est pas la version que m'a donnée Mr Warrender, observa-t-il.

— Vraiment? dit sir Rowland. Et comment a-t-il présenté les faits?

— Il m'a dit que la suggestion de revenir ici jouer au bridge était venue de l'un d'entre vous. Mais il pensait que c'était probablement Mr Birch.

— Ah ! répondit sir Rowland sans se troubler, mais voyez-vous, Warrender est arrivé à la salle à manger du club avec du retard. Il ne savait pas que Mrs Hailsham-Brown avait appelé.

Sir Rowland et l'inspecteur se regardèrent, chacun essayant de faire baisser les yeux à l'autre. Puis sir Rowland reprit :

— Vous devez savoir mieux que moi, inspecteur, comme il est rare que les récits donnés par deux personnes de la même scène concordent. En fait, si nous étions parfaitement d'accord tous les trois, je considérerais cela comme suspect. Très suspect, en fait.

L'inspecteur Lord choisit de ne pas commenter cette observation. Tirant une chaise près de sir Rowland, il s'assit.

— J'aimerais discuter de l'affaire avec vous, monsieur, si vous le permettez, suggéra-t-il.

— Comme c'est aimable à vous, inspecteur.

Après avoir contemplé pensivement le plateau de la table pendant quelques secondes, l'inspecteur entama sa discussion :

— Le mort, Mr Oliver Costello, est venu ici dans un but précis. (Il marqua une pause.) Avez-vous un avis sur ce qui a dû se passer, monsieur ?

— J'ai cru comprendre qu'il était venu pour rendre certains objets que Mrs Miranda Hailsham-Brown, comme elle s'appelait alors, avait emportés par erreur, répondit sir Rowland.

— C'était peut-être son prétexte, monsieur, bien que je n'en sois même pas sûr. Mais je suis certain que ce n'est pas la raison réelle de sa venue ici.

Sir Rowland haussa les épaules.

— Vous avez peut-être raison, remarqua-t-il. Je ne saurais le dire.

L'inspecteur Lord insista :

— Il est peut-être venu voir une personne en particulier. Il pouvait s'agir de vous, de Mr Warrender, ou de Mr Birch.

— S'il avait voulu voir Mr Birch, qui habite dans le coin, fit remarquer sir Rowland, il serait allé chez lui. Il ne serait pas venu ici.

— C'est probablement vrai. Par conséquent, cela nous laisse le choix entre quatre personnes. Vous, Mr Warrender, Mr Hailsham-Brown et Mrs Hailsham-Brown. (Il s'interrompit et adressa un regard inquisiteur à son interlocuteur avant de demander :) Monsieur, connaissiez-vous bien Oliver Costello ?

— À peine. Je l'ai rencontré une ou deux fois, c'est tout.

— Où l'avez-vous rencontré ?

Sir Rowland réfléchit.

— Deux fois chez les Hailsham-Brown à Londres, il y a plus d'un an, et une fois dans un restaurant, je crois.

— Mais vous n'aviez aucune raison de souhaiter l'assassiner ?

— Est-ce une accusation, inspecteur ? demanda sir Rowland avec un sourire.

L'inspecteur Lord secoua la tête.

— Non, sir Rowland. J'appellerais plutôt cela une élimination. Je ne crois pas que vous ayez le moindre mobile pour vous débarrasser d'Oliver Costello. Ce qui ne nous laisse que trois personnes.

— Cela commence à ressembler à une variante de « Dix petits Indiens », remarqua sir Rowland avec un sourire.

L'inspecteur Lord sourit lui aussi.

— Nous allons commencer par Mr Warrender. Le connaissez-vous bien ?

— Je l'ai rencontré ici pour la première fois il y a deux jours. Il me semble être un jeune homme agréable, bien élevé, ayant reçu une bonne éducation. C'est un ami de Clarissa. Je ne sais rien de lui, mais je dirais que c'est un meurtrier improbable.

— Voilà pour Mr Warrender, nota l'inspecteur. Ce qui m'amène à ma question suivante.

Prenant les devants, sir Rowland acquiesça.

— Connais-je bien Henry Hailsham-Brown, et connais-je bien Mrs Hailsham-Brown ? C'est ce que vous voulez savoir, n'est-ce pas ? demanda-t-il. En fait, je connais très bien Henry Hailsham-Brown. C'est un vieil ami. Quant à Clarissa, je sais tout ce que l'on doit savoir sur elle. C'est ma pupille, et elle m'est chère au-delà de toute expression.

— Oui, dit l'inspecteur Lord. Je crois que cette réponse rend très clairs certains points.

— Ah oui, vraiment ?

Le policier se leva et fit quelques pas dans la pièce avant de se retourner face à sir Rowland.

— Quand avez-vous changé vos plans ce soir, tous les trois ? demanda-t-il. Pourquoi êtes-vous rentrés ici faire semblant de jouer au bridge ?

— Faire semblant ! s'exclama sèchement sir Rowland.

L'inspecteur sortit la carte à jouer de sa poche.

— Cette carte, dit-il, a été retrouvée de l'autre côté de la pièce, sous le canapé. J'ai peine à croire que vous ayez pu jouer deux parties de bridge et en entamer une troisième avec un paquet de cinquante et une cartes, où manquait l'as de pique.

Sir Rowland prit la carte, en regarda le dos, puis la lui rendit.

— Oui, reconnut-il. C'est peut-être un peu difficile à croire.

L'inspecteur Lord leva les yeux au ciel d'un air désespéré avant d'ajouter :

— Je crois aussi que trois paires de gants appartenant à Mr Hailsham-Brown méritent un minimum d'explications.

Après un silence, sir Rowland répondit :

— Je crains, inspecteur, que vous ne tiriez aucune explication de moi.

— Non, monsieur, convint l'inspecteur Lord. J'imagine que vous êtes déterminé à faire de votre mieux pour aider une certaine dame. Mais ça ne sert absolument à rien, monsieur. La vérité finira par apparaître.

— Je me le demande, fut la seule réponse de sir Rowland à cette observation.

L'inspecteur traversa la pièce et s'approcha du panneau.

— Mrs Hailsham-Brown savait que le corps de Costello était dans l'alcôve. Si elle l'y a traîné elle-même, ou si vous l'avez aidée, je l'ignore. Mais je suis convaincu qu'elle le savait.

Il revint se placer face à sir Rowland.

— Je suggère, continua-t-il, qu'Oliver Costello est venu ici pour voir Mrs Hailsham-Brown et lui soutirer de l'argent par des menaces.

— Des menaces? Des menaces de quoi?

— Tout cela apparaîtra en temps utile, je n'en doute pas. Mrs Hailsham-Brown est jeune et séduisante. Ce Mr Costello était un homme à femmes, à ce qu'on dit. Quant à Mrs Hailsham-Brown, elle s'est récemment mariée et...

— Stop! l'interrompit péremptoirement sir Rowland. Je dois vous corriger sur certains points. Vous pourrez aisément trouver confirmation de ce que je vous dis. Le premier mariage d'Henry Hailsham-Brown était malheureux. Sa femme, Miranda, était une femme très belle, mais déséquilibrée et névrosée. Sa santé et son caractère s'étaient détériorés à un point si alarmant que sa petite fille a dû être placée dans une maison de repos.

Il s'interrompit pour réfléchir.

— Oui, une situation vraiment lamentable, continua-t-il. Il semble que Miranda était devenue toxicomane. Comment elle se procurait la drogue n'a pas été découvert, mais il est fort probable que c'était cet homme, Oliver Costello, qui lui avait fournie. Elle était amoureuse de lui, et finalement s'est enfuie avec lui.

Après une autre pause et un bref regard à l'agent Jones, pour voir s'il suivait toujours, sir Rowland reprit son récit :

— Henry Hailsham-Brown, qui est assez vieux jeu, a permis à Miranda de divorcer. Henry a maintenant trouvé la paix et le bonheur en épousant Clarissa, et je puis vous assurer, inspecteur, qu'il n'y a aucun secret coupable dans la vie de Clarissa. Il n'y a rien, je peux en jurer, que Costello aurait pu utiliser pour la menacer.

L'inspecteur Lord ne dit rien, mais se contenta d'avoir l'air pensif.

Sir Rowland se leva, poussa sa chaise contre la table, et se dirigea vers le canapé. Puis, se retournant à nouveau vers l'officier de police, il suggéra :

— Vous ne croyez pas, inspecteur, que vous êtes complètement sur une fausse piste ? Pourquoi devriez-vous être si certain que c'était une personne que Costello est venu voir ici ? Pourquoi ne s'agirait-il pas d'un lieu ?

L'inspecteur paraissait maintenant perplexe.

— Que voulez-vous dire, monsieur ?

— En nous parlant de feu Mr Sellon, lui rappela sir Rowland, vous avez mentionné que la brigade des stupéfiants s'était intéressée à lui. N'y a-t-il pas là un lien possible ? Drogue, Sellon, la maison de Sellon ?

Il s'interrompit mais, l'inspecteur Lord ne manifestant aucune réaction, il continua :

— Costello est déjà venu ici une fois, à ce que j'ai compris, officiellement pour examiner les antiquités de Sellon. Admettons qu'Oliver Costello cherchait quelque chose qui se trouve dans la maison. Dans ce bureau, par exemple.

L'inspecteur jeta un bref regard vers le bureau, et sir Rowland développa sa théorie.

— Il y a ce curieux incident de l'homme qui est venu ici et a offert un prix exorbitant pour ce bureau. Supposant que c'était ce bureau qu'Oliver Costello voulait examiner, voulait fouiller, si vous préférez. Supposons encore qu'il ait été suivi ici par quelqu'un. Et que ce quelqu'un l'ait frappé, là, près du bureau.

L'inspecteur n'avait pas l'air impressionné.

— Cela fait beaucoup de suppositions... commença-t-il, mais sir Rowland l'interrompit et insista :

— C'est une hypothèse très raisonnable.

— L'hypothèse étant que c'est ce quelqu'un qui a placé le corps dans l'alcôve ?

— Exactement.

— Il faudrait que ce soit quelqu'un qui connaissait l'existence de l'alcôve, observa l'inspecteur.

— Il pourrait s'agir de quelqu'un qui connaissait la maison à l'époque de Sellon, fit remarquer sir Rowland.

— Oui, tout cela est bien joli, monsieur, répondit impatiemment l'inspecteur, mais ça n'explique toujours pas une chose...

— Laquelle ?

L'inspecteur regarda sir Rowland bien en face.

— Mrs Hailsham-Brown savait que le cadavre était dans cette alcôve. Elle a essayé de nous empêcher d'y regarder.

Sir Rowland ouvrit la bouche pour répondre, mais l'inspecteur leva une main et continua :

— Inutile d'essayer de me persuader du contraire. Elle savait.

Pendant quelques instants, un silence tendu s'installa. Puis sir Rowland demanda :

— Inspecteur, me permettez-vous de parler à ma pupille ?

La réponse ne se fit pas attendre :

— Seulement en ma présence, monsieur.

— Cela me convient.

L'inspecteur Lord acquiesça.

— Jones !

L'agent Jones, comprenant ce qu'on lui demandait, quitta la pièce.

— Nous sommes en votre pouvoir, inspecteur, dit sir Rowland à l'officier de police. Je vous demanderai de vous montrer aussi compréhensif que possible.

— Mon seul souci est d'apprendre la vérité, monsieur, et de découvrir qui a tué Oliver Costello.

17

L'agent Jones revint dans la pièce, et tint la porte ouverte pour laisser le passage à Clarissa.

— Entrez donc, je vous prie, Mrs Hailsham-Brown, lança l'inspecteur.

Tandis que Clarissa entrait, sir Rowland s'approcha d'elle. Il s'exprima avec solennité :

— Clarissa, ma chérie, feras-tu ce que je te demande ? Je veux que tu dises la vérité à l'inspecteur.

— La vérité ? répéta Clarissa, l'air très sceptique.

— La vérité, insista sir Rowland avec emphase. C'est la seule chose à faire. Je t'assure. Sérieusement.

Il la regarda fixement et très gravement un instant, puis quitta la pièce. L'agent Jones ferma la porte derrière lui et reprit place pour prendre ses notes.

— Veuillez vous asseoir, Mrs Hailsham-Brown, invita l'inspecteur Lord, cette fois en indiquant le canapé.

Clarissa lui sourit, mais le regard qu'il lui lança était sévère. Elle se dirigea lentement vers le canapé, s'assit, et attendit un instant avant de parler :

— Je suis désolée. Je suis vraiment désolée de vous avoir raconté tous ces mensonges. Ce n'était pas mon intention.

Elle avait réellement l'air attristé.

— On est emportés par la situation, si vous voyez ce que je veux dire ?

— Je ne vois pas encore pour l'instant, répondit froidement l'inspecteur Lord. Et maintenant, veuillez simplement me donner les faits.

— Eh bien, tout est très simple, en réalité, expliqua-t-elle en comptant les faits sur ses doigts. D'abord, Oliver Costello est parti. Ensuite, Henry est rentré. Ensuite, je l'ai accompagné jusqu'à sa voiture, et il est reparti. Puis je suis entrée ici avec les sandwiches.

— Les sandwiches ? interrogea l'inspecteur.

— Oui. Voyez-vous, mon mari doit amener ici un délégué étranger très important.

L'inspecteur Lord parut intéressé.

— Oh, qui est ce délégué ?

— Un certain Mr Jones, lui dit Clarissa.

— Je vous demande pardon ? dit l'inspecteur en regardant son agent.

— Mr Jones. Ce n'est pas son vrai nom, mais c'est ainsi que nous devons l'appeler. Tout ça est très confidentiel. Ils devaient manger les sandwiches tout en discutant, et je devais manger la mousse au chocolat dans la salle de classe.

L'inspecteur Lord paraissait perplexe.

— La mousse dans la... oui, je vois, murmura-t-il, l'air de ne rien voir du tout.

— J'ai posé les sandwiches là, dit Clarissa en indiquant le tabouret, et je me suis mise à ranger un peu. Je suis allée remettre un livre sur l'étagère et... puis... et puis je suis pratiquement tombée dessus.

— Vous avez trébuché sur le corps? demanda l'inspecteur.

— Oui. Il était là, derrière le canapé. Et je l'ai examiné pour voir s'il... s'il était mort, et il l'était. C'était Oliver Costello, et je ne savais pas quoi faire. Finalement, j'ai téléphoné au club de golf, et j'ai demandé à sir Rowland, à Mr Birch et à Jeremy Warrender de revenir tout de suite.

Penché au-dessus du canapé, l'inspecteur Lord demanda froidement :

— Il ne vous est pas venue l'idée d'appeler la police?

— Eh bien, cela m'est venu à l'esprit, si, répondit Clarissa, mais ensuite... eh bien... (Elle lui sourit à nouveau.) Eh bien, je ne l'ai pas fait.

— Vous ne l'avez pas fait, murmura l'inspecteur pour lui-même. Il s'éloigna, regarda l'agent Jones, leva les mains d'un geste désespéré, et revint vers Clarissa.

— Pourquoi n'avez-vous pas appelé la police?

Clarissa était prête à répondre à cette question :

— Eh bien, j'ai pensé que ce ne serait pas bien pour mon mari. Je ne sais pas si vous connaissez beaucoup de gens au Foreign Office, inspecteur, mais ils sont d'une modestie effrayante. Ils aiment que tout soit très discret, que rien ne se remarque. Vous devez reconnaître que les meurtres ont tendance à faire du bruit.

— Tout à fait, fut tout ce que l'inspecteur Lord trouva à répondre à cela.

— Je suis si heureuse que vous compreniez ! lui dit Clarissa avec chaleur, et presque avec effusion.

Elle continua son histoire, mais son récit devint de moins en moins convaincant, car elle commençait à sentir qu'elle ne progressait pas.

— C'est-à-dire, il était vraiment mort, parce que j'ai tâté son pouls, de sorte que nous ne pouvions rien faire pour lui.

L'inspecteur faisait les cent pas, sans répondre. En le suivant des yeux, Clarissa continua :

— Ce que je veux dire, c'est qu'il pouvait tout aussi bien être mort à Marsden Wood que dans notre salon.

L'inspecteur Lord se retourna brusquement.

— Marsden Wood ? demanda-t-il. Qu'est-ce que Marsden Wood vient faire là-dedans ?

— C'est là que je pensais le mettre, répondit Clarissa.

L'inspecteur porta une main à sa nuque, et regarda le sol comme s'il y cherchait l'inspiration. Puis, secouant la tête pour s'éclaircir les idées, il déclara fermement :

— Mrs Hailsham-Brown, n'avez-vous jamais entendu dire qu'un cadavre, s'il y a le moindre signe d'un acte criminel, ne doit jamais être déplacé ?

— Bien sûr que je le sais, rétorqua Clarissa. C'est ce qu'on dit dans tous les romans policiers. Mais, vous comprenez, nous sommes dans la vie réelle.

L'inspecteur Lord leva les mains d'un air désespéré.

— Voyez-vous, continua-t-elle, les choses sont très différentes dans la vie réelle.

L'inspecteur considéra Clarissa dans un silence incrédule pendant un moment, avant de lui demander :

— Vous rendez-vous compte de la gravité de ce que vous dites ?

— Bien sûr que oui, et je vous dis la vérité. Donc, voyez-vous, finalement, j'ai appelé le club et ils sont tous revenus ici.

— Et vous les avez persuadés de cacher le corps dans cette alcôve.

— Non, rectifia Clarissa. C'est venu plus tard. Mon plan, comme je vous l'ai dit, était qu'ils emmènent le corps d'Oliver dans sa voiture, et qu'ils laissent la voiture dans Marsden Wood.

— Et ils ont accepté ?

Le ton de l'inspecteur Lord était nettement incrédule.

— Oui, ils ont accepté, dit Clarissa en lui souriant.

— Franchement, Mrs Hailsham-Brown, dit l'inspecteur Lord avec brusquerie, je n'en crois pas un mot. Je ne crois pas que trois hommes responsables puissent accepter de faire obstruction à la justice de cette façon pour une cause aussi dérisoire.

Clarissa se leva. S'éloignant de l'inspecteur, elle déclara, plus pour elle-même qu'à son adresse :

— Je savais que vous ne me croiriez pas si je vous

disais la vérité. (Elle se retourna pour lui faire face.) Que croyez-vous, alors ?

Surveillant Clarissa de près tout en parlant, l'inspecteur Lord répondit :

— Je ne peux voir qu'une seule raison pour laquelle ces trois hommes auraient accepté de mentir.

— Oh ? Que voulez-vous dire ? Quelle autre raison pouvaient-ils avoir ?

— Ils auraient accepté de mentir, continua l'inspecteur, s'ils croyaient, ou, à plus forte raison, s'ils savaient, en fait que vous l'aviez tué.

Clarissa ouvrit grands les yeux.

— Mais je n'avais aucune raison de le tuer ! protesta-t-elle. Absolument aucune. (Elle s'écarta vivement de lui.) Oh je savais que vous réagiriez de cette façon ! C'est pourquoi...

Elle s'interrompit tout à coup, et l'inspecteur Lord se tourna vers elle.

— C'est pourquoi quoi ?

Clarissa réfléchit. Quelques instants passèrent, puis son attitude parut changer. Elle se mit à parler de façon plus convaincante.

— Très bien, annonça-t-elle avec l'air de quelqu'un qui soulage sa conscience. Je vais vous dire pourquoi.

— Je crois que ce serait plus sage, dit l'inspecteur Lord.

— Oui, dit-elle en le regardant dans les yeux. Je suppose que je ferais mieux de vous dire la *vérité.*

Elle insista sur le mot.

L'inspecteur sourit.

— Je puis vous assurer, conseilla-t-il, que raconter

un tas de mensonges à la police ne vous servira pas à grand-chose, Mrs Hailsham-Brown. Vous feriez mieux de me dire ce qui s'est vraiment passé. Et depuis le début.

— Je vais le faire. (Elle s'assit sur une chaise devant la table de bridge.) Oh, mon Dieu ! soupira-t-elle, moi qui me croyais si rusée.

— Il vaut bien mieux ne pas chercher à se montrer rusé. (L'inspecteur Lord s'assit face à Clarissa.) Bon, alors, que s'est-il vraiment passé ce soir ?

18

Clarissa resta silencieuse quelques instants. Puis, regardant l'inspecteur droit dans les yeux, elle se mit à parler :

— Tout a commencé comme je vous l'ai déjà expliqué. J'ai dit au revoir à Oliver Costello, et il est parti avec miss Peake. Je n'imaginais pas qu'il reviendrait, et je ne comprends toujours pas pourquoi il l'a fait.

Elle marqua une pause, et parut essayer de se rappeler ce qui s'était passé ensuite.

— Ah oui ! continua-t-elle. Ensuite mon mari est rentré, et m'a expliqué qu'il allait devoir repartir immédiatement. Il est sorti avec sa voiture, et c'est juste après avoir refermé la porte d'entrée, et m'être assurée qu'elle était verrouillée, que je me suis soudain sentie nerveuse.

— Nerveuse ? demanda l'inspecteur Lord, l'air intrigué. Pourquoi ?

— Eh bien, je n'ai pas l'habitude d'être nerveuse, répondit-elle avec conviction, mais il m'est venu à l'esprit que je ne m'étais jamais trouvée seule dans la maison la nuit.

Elle s'interrompit.

— Oui, continuez, dit l'inspecteur en l'encourageant.

— Je me suis dit de ne pas être stupide. « Tu as le téléphone, n'est-ce pas ? Tu peux toujours appeler à l'aide. » J'ai également pensé : « Les cambrioleurs ne viennent pas à ce moment de la soirée. Ils viennent au milieu de la nuit. » Mais je n'arrêtais pas de penser que j'entendais une porte se refermer quelque part, ou des pas là-haut, dans ma chambre. Alors je me suis décidée à agir.

Elle s'interrompit à nouveau, et une nouvelle fois l'inspecteur Lord l'encouragea :

— Oui ?

— Je suis allée dans la cuisine, dit Clarissa, et j'ai préparé les sandwiches pour qu'Henry et Mr Jones aient de quoi manger quand ils arriveraient. Je les ai tous disposés sur une assiette, entourés d'une serviette pour éviter qu'ils durcissent, et j'étais en train de traverser le hall pour les poser ici, quand... (Elle marqua une pause dramatique.) ... j'ai vraiment entendu quelque chose.

— Où ? demanda l'inspecteur.

— Dans cette pièce. Je savais que, cette fois, ce n'était pas le fruit de mon imagination. J'ai entendu des tiroirs qu'on ouvrait et qu'on fermait, et je me suis soudain rappelé que la porte-fenêtre de cette pièce n'était pas fermée à clé. Nous ne la fermons jamais à clé. Quelqu'un était entré par là.

Une fois de plus, elle s'arrêta.

— Continuez, Mrs Hailsham-Brown, dit l'inspecteur Lord, impassible.

Clarissa eut un geste d'impuissance.

— Je ne savais pas quoi faire. J'étais pétrifiée. Puis j'ai pensé : « Et si je n'étais qu'une idiote ? Et si c'était Henry qui est revenu chercher quelque chose ou même sir Rowland ou l'un des autres ? Tu auras l'air fin si tu montes téléphoner à la police sur le poste de l'étage. » Alors j'ai envisagé un plan.

Elle s'interrompit une nouvelle fois, et le « Oui ? » de l'inspecteur, cette fois, fut légèrement impatient.

— Je me suis dirigée vers le porte-parapluies, dit lentement Clarissa, et j'ai pris la canne la plus lourde que j'ai pu trouver. Puis je suis entrée dans la bibliothèque. Je n'ai pas allumé la lumière. J'ai traversé la pièce à tâtons jusqu'à cette alcôve. Je l'ai ouverte très doucement, et je me suis glissée à l'intérieur. Je pensais pouvoir ouvrir discrètement la porte donnant sur cette pièce et voir qui c'était. (Elle indiqua le panneau.) À moins d'être au courant, on ne croirait jamais qu'il y a une porte à cet endroit.

— Non, acquiesça l'inspecteur Lord, on ne l'imaginerait pas.

Clarissa semblait presque, à présent, s'amuser de son récit.

— J'ai soulevé discrètement le loquet, et mes doigts

ont glissé, la porte s'est ouverte toute grande et a cogné contre une chaise. Un homme qui se tenait près du bureau s'est redressé. J'ai vu quelque chose de brillant dans sa main. J'ai cru que c'était un revolver. J'étais terrifiée. J'ai cru qu'il allait me tirer dessus. Je l'ai frappé avec la canne de toutes mes forces, et il est tombé.

Elle s'effondra et s'appuya sur la table, le visage dans les mains.

— Pourrais-je... pourrais-je avoir un peu de cognac, s'il vous plaît? demanda-t-elle à l'inspecteur Lord.

— Oui, bien sûr. (Il se leva.) Jones!

L'agent Jones versa un peu de cognac dans un verre et le donna à l'inspecteur. Clarissa avait relevé la tête, mais la replongea rapidement entre ses mains et prit le verre de cognac que lui apporta l'inspecteur.

Elle but, toussa, et lui rendit le verre. L'agent Jones le posa sur une table, reprit sa place et se remit à ses notes.

L'inspecteur Lord regarda Clarissa.

— Vous sentez-vous capable de continuer, Mrs Hailsham-Brown? demanda-t-il, compatissant.

— Oui, répondit Clarissa en levant brièvement les yeux vers lui. Vous êtes très gentil. (Elle prit une inspiration et continua son récit :) L'homme était étendu là. Il ne bougeait pas. J'ai fait de la lumière, et j'ai vu alors que c'était Oliver Costello. Il était mort. C'était horrible. Je... je ne comprenais pas.

Elle eut un geste en direction du bureau.

— Je ne comprenais pas ce qu'il faisait là, à fouiller dans le bureau. C'était comme un affreux cauchemar.

J'étais si effrayée que j'ai téléphoné au club de golf. Je voulais que mon tuteur soit près de moi. Ils sont tous rentrés. Je les ai suppliés de m'aider, d'emporter le corps... quelque part.

L'inspecteur Lord la dévisagea d'un regard perçant.

— Mais pourquoi? demanda-t-il.

Clarissa se détourna de lui.

— Parce que j'ai été lâche. Affreusement lâche. J'avais peur de la publicité, de devoir comparaître devant un tribunal de police. Et ce serait si mauvais pour mon mari et pour sa carrière. (Elle se retourna vers l'inspecteur.) S'il s'était réellement agi d'un cambrioleur, j'aurais peut-être pu affronter cela, mais comme c'était quelqu'un que nous connaissions, quelqu'un qui est marié à la première femme d'Henry... Oh, je n'ai pas eu le courage de faire face!

— Peut-être, suggéra l'inspecteur Lord, parce que le mort avait, peu de temps auparavant, tenté de vous faire chanter?

— Me faire chanter? Oh, c'est grotesque! répondit Clarissa avec une parfaite assurance. C'est simplement ridicule. Il n'y a rien qui permettrait à quiconque de me faire chanter.

— Elgin, votre majordome, a entendu mentionner le chantage.

— Je ne crois pas qu'il ait rien entendu de tel, répondit Clarissa. C'est impossible. Si vous voulez mon avis, il a tout inventé.

— Allons, Mrs Hailsham-Brown, insista l'inspecteur Lord, êtes-vous en train de me dire que le mot de

« chantage » n'a jamais été prononcé ? Pourquoi votre majordome irait-il l'inventer ?

— Je jure qu'il n'a pas été question de chantage ! s'exclama Clarissa en frappant la table de sa main. Je vous assure... (Sa main s'arrêta au milieu de sa course, et elle se mit soudain à rire.) Oh, c'est idiot ! Bien sûr. C'était ça.

— Vous vous souvenez ? demanda calmement l'inspecteur Lord.

— Ce n'était rien, en fait. C'est juste qu'Oliver était en train de parler des loyers des maisons meublées qu'il trouvait incroyablement élevés, et je lui ai dit que nous avions eu une chance incroyable et ne payions que quatre guinées par semaine pour celle-ci. Et il m'a dit : « J'ai peine à le croire, Clarissa. Quel est votre truc ? Ce doit être le chantage. » Et j'ai ri, et répondu : « C'est ça. Du chantage. »

Elle riait à présent, se rappelant apparemment la discussion.

— Ce n'était qu'une sorte de plaisanterie. Tiens, je ne m'en souvenais même pas.

— Je suis désolé, Mrs Hailsham-Brown, mais je ne peux vraiment pas le croire.

Clarissa avait l'air stupéfait.

— Croire quoi ?

— Que vous ne payez que quatre guinées par semaine pour cette maison, meublée.

— Honnêtement ! Vous êtes vraiment l'homme le plus incrédule que j'aie jamais rencontré, dit Clarissa en se levant et en se dirigeant vers le bureau. Vous n'avez pas l'air de croire quoi que ce soit de ce que je vous ai dit ce soir. Je ne peux pas prouver la plupart des faits, mais celui-ci, je peux. Et cette fois, je vais vous montrer.

Elle ouvrit un tiroir du bureau et fouilla dans les papiers qu'il contenait.

— Le voilà ! s'exclama-t-elle. Non, ce n'est pas ça. Ah ! Nous y voilà. (Elle sortit un document du tiroir et le montra à l'inspecteur Lord.) Voici le contrat pour la location de cette maison, meublée. Il est rédigé par un cabinet d'avoués au nom de l'exécuteur testamentaire, et, regardez : quatre guinées par semaine.

L'inspecteur Lord semblait avoir subi un choc.

— Eh bien, Dieu me bénisse ! C'est extraordinaire. Vraiment extraordinaire. J'aurais cru qu'elle valait bien plus que cela.

Clarissa lui adressa un de ses sourires les plus charmants.

— Vous ne croyez pas, inspecteur, que vous devriez me demander pardon ?

L'inspecteur Lord mit une certaine quantité de charme dans sa voix en répondant :

— Je vous présente mes excuses, Mrs Hailsham-Brown, mais c'est vraiment extrêmement bizarre, vous savez.

— Pourquoi ? Que voulez-vous dire ? demanda Clarissa en rangeant le document dans le tiroir.

— Eh bien, il se trouve qu'un couple est venu dans la région avec un permis de visiter cette maison, et la dame a perdu une broche de grande valeur quelque part dans le voisinage. Elle est venue au poste de police pour déclarer cette perte, et il se trouve qu'elle a mentionné cette maison. Elle nous a dit que les propriétaires en demandaient un prix impossible. Elle trouvait que dix-huit guinées pour une maison en pleine campagne et à des kilomètres de toute ville était exorbitant. C'était aussi mon avis.

— Oui, c'est extraordinaire, vraiment extraordinaire, acquiesça Clarissa avec un sourire amical. Je comprends pourquoi vous étiez sceptique. Mais vous allez peut-être croire certaines autres choses que j'ai dites, à présent.

— Je ne mets pas en doute votre version finale, Mrs Hailsham-Brown. Nous savons généralement reconnaître la vérité quand nous l'entendons. Je savais aussi qu'il avait fallu une raison sérieuse à ces trois messieurs pour mijoter cette histoire de dissimulation farfelue.

— Il ne faut pas trop leur en vouloir, inspecteur, plaida Clarissa. C'était ma faute. Je les ai harcelés.

Trop conscient du charme qu'elle exerçait, l'inspecteur Lord répondit :

— Ah, je n'en doute pas ! Mais ce que je ne comprends toujours pas, c'est qui a pu téléphoner à la police pour rapporter le meurtre ?

— Oui, c'est extraordinaire ! dit Clarissa, l'air surpris. J'avais complètement oublié ça.

— Ce n'était visiblement pas vous, fit remarquer l'inspecteur Lord, et il ne pouvait pas s'agir d'un des trois messieurs...

Clarissa secoua la tête.

— Se pourrait-il que ce soit Elgin ? interrogea-t-elle. Ou peut-être miss Peake ?

— Je ne crois pas qu'il puisse s'agir de miss Peake. Elle ne savait visiblement pas que le corps de Costello était là.

— Je me le demande, dit pensivement Clarissa.

— Cependant, quand le corps a été découvert, elle a fait une crise d'hystérie, lui rappela l'inspecteur.

— Oh, ce n'est rien ! N'importe qui peut faire une crise d'hystérie, remarqua imprudemment Clarissa.

L'inspecteur Lord lui lança un regard soupçonneux, sur quoi elle trouva opportun de lui adresser un sourire aussi innocent que possible.

— Quoi qu'il en soit, miss Peake n'habite pas la maison, observa l'inspecteur Lord. Elle a son propre cottage dans le parc.

— Mais elle aurait pu se trouver dans la maison, dit Clarissa. Vous savez, elle a les clés de toutes les portes.

L'inspecteur secoua la tête.

— Non, j'ai plutôt l'impression que c'est Elgin qui doit nous avoir appelés.

Clarissa se rapprocha de lui et lui adressa un sourire quelque peu anxieux.

— Vous n'allez pas m'envoyer en prison, n'est-ce pas ? Oncle Roly m'a dit qu'il était sûr que non.

L'inspecteur Lord lui renvoya un regard austère.

— C'est une bonne chose que vous ayez changé d'histoire à temps, et nous ayez avoué la vérité, madame, dit-il d'un ton sévère. Mais si vous me permettez un conseil, Mrs Hailsham-Brown, je crois que vous devriez contacter votre avoué dès que possible et lui exposer tous les faits. En attendant, je vais faire taper votre déclaration et vous la faire lire, alors peut-être aurez-vous la bonté de la signer.

Clarissa était sur le point de répondre quand la porte du hall s'ouvrit, et sir Rowland entra.

— Je n'ai pas pu tenir plus longtemps, expliqua-t-il. Tout va bien, à présent, inspecteur? Comprenez-vous la nature de notre dilemme?

Clarissa s'approcha de son tuteur avant qu'il n'ait le temps d'en dire plus.

— Roly chéri, l'accueillit-elle en lui prenant la main. J'ai fait une déclaration, et la police — ou plutôt Mr Jones ici présent — va la taper à la machine. Ensuite, je devrai la signer, et je leur ai tout dit.

L'inspecteur Lord alla s'entretenir avec son agent, et Clarissa continua de s'adresser à sir Rowland.

— Je leur ai dit comment j'avais cru que c'était un cambrioleur, dit-elle en appuyant ses mots, et comment je l'ai frappé à la tête...

Comme sir Rowland la dévisageait avec inquiétude et ouvrait la bouche pour parler, elle s'empressa de lui couvrir la bouche de sa main pour l'en empêcher. Elle continua vivement :

— Et je leur ai dit que j'avais découvert que c'était Oliver Costello, que je m'étais affolée et vous avais appelés, et qu'à force de vous supplier, vous aviez tous cédé. Je vois maintenant à quel point j'avais tort...

L'inspecteur Lord se retourna vers eux, et Clarissa ôta sa main de la bouche de sir Rowland juste à temps.

— Mais sur le moment, disait-elle, j'étais terrorisée, et j'ai cru que ce serait mieux pour tout le monde —

Henry, moi et même Miranda — si Oliver était retrouvé à Marsden Wood.

Sir Rowland avait l'air horrifié.

— Clarissa ! Que diable es-tu allée dire ? lâcha-t-il.

— Mrs Hailsham-Brown nous a fait une déclaration très complète, monsieur, dit complaisamment l'inspecteur Lord.

Retrouvant ses esprits, sir Rowland répondit sèchement :

— C'est ce qu'il semble.

— C'est ce qu'il y a de mieux à faire, dit Clarissa. En fait, c'était la seule chose à faire. L'inspecteur me l'a fait comprendre. Et je regrette sincèrement d'avoir raconté tous ces mensonges idiots.

— Cela vous attirera bien moins d'ennuis, finalement, déclara l'inspecteur. Maintenant, Mrs Hailsham-Brown, je ne vais pas vous demander d'aller dans cette alcôve alors que le corps s'y trouve encore, mais j'aimerais que vous me montriez exactement où l'homme se tenait quand vous êtes entrée par là dans la pièce.

— Ah... oui... eh bien.. il était... commença Clarissa, hésitante. (Elle traversa la pièce jusqu'au bureau.) Non, je me rappelle à présent. Il se tenait ici, comme ceci.

Elle se tint d'un côté du bureau, et se pencha dessus.

— Soyez prêt à ouvrir le panneau quand je vous le dirai, Jones, déclara l'inspecteur Lord en faisant signe à l'agent, qui se leva et posa la main sur le levier.

— Voyons, dit l'inspecteur à Clarissa. C'est là qu'il se tenait. Et ensuite, la porte s'est ouverte et vous êtes sortie de l'alcôve. Très bien, je ne veux pas vous obliger à regarder le corps qui est dedans maintenant, alors tenez-vous juste devant le panneau quand il s'ouvrira. Allez-y, Jones.

L'agent actionna le levier, et le panneau s'ouvrit. L'alcôve était vide, en dehors d'un petit morceau de papier sur le sol, que l'agent Jones ramassa, tandis que l'inspecteur Lord adressait un regard accusateur à Clarissa et sir Rowland.

L'agent Jones lut à haute voix ce qui était écrit sur le morceau de papier :

— « Flûte à celui qui le lira ! »

Comme l'inspecteur lui arrachait le papier, Clarissa et sir Rowland échangèrent un regard stupéfait.

C'est à ce moment que la sonnette de la porte d'entrée se mit à carillonner à toute volée.

19

Elgin entra dans le salon pour annoncer que le médecin de la police était arrivé. L'inspecteur Lord et l'agent Jones accompagnèrent immédiatement le majordome à la porte, où l'inspecteur dut se charger de la tâche peu enviable consistant à avouer au médecin de la police que, finalement, il n'y avait à présent aucun cadavre à examiner.

— Vraiment, inspecteur Lord, dit le médecin irrité, vous rendez-vous compte à quel point c'est exaspérant de m'avoir fait faire toute cette route pour rien ?

— Mais je vous assure, docteur, tenta d'expliquer l'inspecteur, que nous avions bien un corps.

— L'inspecteur a raison, docteur, renchérit l'agent Jones. Nous avions un corps, sans aucun doute. Il se trouve simplement qu'il a disparu.

Le bruit de leurs voix avait fait sortir Hugo et Jeremy de la salle à manger, de l'autre côté du hall. Ils ne purent pas s'empêcher d'émettre des commentaires désobligeants.

— Je ne vois pas comment vous autres policiers arrivez jamais à quelque chose : perdre un cadavre, franchement ! tempêta Hugo, tandis que Jeremy s'exclamait :

— Je ne comprends pas qu'on n'ait pas monté la garde près du corps !

— Eh bien, quoi qu'il en soit, si je n'ai pas de corps à examiner, je ne vais pas perdre plus de temps ici, déclara sèchement le médecin de la police à l'inspecteur Lord. Je peux vous assurer que vous entendrez parler de cette histoire, inspecteur Lord.

— Oui, docteur. Je n'en doute pas. Bonsoir, docteur, répondit l'inspecteur avec lassitude.

Le médecin de la police sortit, claquant la porte d'entrée derrière lui, et l'inspecteur Lord se tourna vers Elgin, qui prit les devants et s'empressa de déclarer :

— Je ne suis au courant de rien, je vous assure, monsieur, de rien du tout.

Pendant ce temps, dans le salon, Clarissa et sir Rowland étaient ravis d'entendre la déconfiture des officiers de police.

— Ce n'était pas vraiment le bon moment pour l'arrivée des renforts policiers, dit sir Rowland avec un petit rire. Le médecin de la police a l'air très contrarié de ne pas avoir trouvé de cadavre à examiner.

Clarissa gloussa.

— Mais qui a pu l'escamoter? Tu crois que Jeremy s'est débrouillé pour le faire disparaître?

— Je ne vois pas comment il aurait pu s'y prendre, répondit sir Rowland. Ils n'ont laissé personne retourner dans la bibliothèque, et la porte donnant de la bibliothèque dans le hall était fermée à clé. Le « Flûte à celui qui le lira » de Pippa était la cerise sur le gâteau.

Clarissa rit, et sir Rowland continua :

— Pourtant, cela nous montre une chose. Costello avait réussi à ouvrir le tiroir secret.

Il s'interrompit, et son attitude changea.

— Clarissa, dit-il avec sérieux, pourquoi diable n'as-tu pas dit la vérité à l'inspecteur quand je t'ai supplié de le faire?

— Je l'ai fait! protesta Clarissa, en dehors de ce qui concernait Pippa. Mais il n'a pas voulu me croire.

— Mais, pour l'amour du Ciel, pourquoi fallait-il que tu lui bourres le crâne de toutes ces absurdités? insista sir Rowland.

— Eh bien, répondit Clarissa avec un geste d'impuissance, il m'a semblé que c'était ce qu'il croirait le plus facilement. Et, termina-t-elle d'un air triomphant, il me croit, à présent.

— Et te voilà dans de beaux draps, pour ta peine. Tu vas être inculpée d'homicide involontaire, maintenant.

— Je plaiderai la légitime défense, déclara Clarissa avec assurance.

Avant que sir Rowland n'ait eu le temps de répondre, Hugo et Jeremy entrèrent dans la pièce, et Hugo s'approcha de la table de bridge en grommelant.

— Fichus policiers, ils nous bousculent de tous les

côtés, et maintenant voilà qu'ils ont perdu le corps, apparemment.

Jeremy ferma la porte derrière lui, puis alla vers le tabouret et prit un sandwich.

— Drôlement bizarre, à mon avis, annonça-t-il.

— C'est incroyable, dit Clarissa. Toute cette histoire est incroyable. Le corps a disparu, et nous ne savons toujours pas qui a téléphoné à la police en leur disant qu'il y avait eu un meurtre.

— Eh bien, c'était Elgin, sûrement, suggéra Jeremy qui s'assit sur un bras du canapé et se mit à manger son sandwich.

— Non, non, intervint Hugo. Je dirais que c'était cette femme, miss Peake.

— Mais pourquoi ? demanda Clarissa. Pourquoi l'un ou l'autre aurait-il fait ça, sans nous le dire ? Ça n'a pas de sens.

Miss Peake passa la tête dans l'encadrement de la porte du hall et regarda autour d'elle avec des airs de conspirateur.

— Bonsoir, la voie est libre ? demanda-t-elle. (Fermant la porte, elle entra d'un pas assuré dans la pièce.) Aucun bobby dans le coin ? On dirait qu'ils grouillent dans toute la maison.

— Ils sont occupés à fouiller la maison et le parc en ce moment, annonça sir Rowland.

— Pour quoi faire ? demanda miss Peake.

— Le corps, répondit sir Rowland. Il a disparu.

Miss Peake partit de son habituel gros rire.

— Quelle bonne blague ! tonna-t-elle. Le corps qui disparaît, hein ?

Hugo s'assit à la table de bridge. Regardant autour de lui, il grommela sans s'adresser à personne en particulier :

— C'est un cauchemar. Toute cette affaire est un fichu cauchemar.

— Tout à fait comme au cinéma, hein, Mrs Hailsham-Brown ? suggéra miss Peake avec un nouvel éclat de rire.

Sir Rowland lui sourit.

— J'espère que vous vous sentez mieux à présent, miss Peake ? lui demanda-t-il courtoisement.

— Oh, ça va. Je suis assez coriace, en fait, vous savez. J'ai juste été un peu désarçonnée en ouvrant cette porte et en découvrant un cadavre. Ça m'a retournée sur le moment, je dois reconnaître.

— Je me demandais, dit doucement Clarissa, si par hasard vous ne saviez pas déjà qu'il s'y trouvait.

Miss Peake ouvrit de grands yeux.

— Qui ? Moi ?

— Oui. Vous.

Semblant à nouveau s'adresser à l'univers entier, Hugo déclara :

— Ça ne tient pas debout. Pourquoi emporter le corps ? Nous savons tous qu'il y a un corps. Nous connaissons son identité, et tout. Ça ne sert à rien. Pourquoi ne pas avoir laissé ce fichu truc où il était ?

— Oh, je ne dirais pas que ça ne sert à rien, Mr Birch, corrigea miss Peake, en se penchant par-dessus la table de bridge pour s'adresser à lui. Il faut qu'il y ait un corps, vous savez. *Habeas corpus*, et tout ça. Vous vous souvenez ? On doit avoir un cadavre avant de pouvoir accuser quiconque de meurtre. (Elle se retourna vers Clarissa.) Alors ne vous inquiétez pas, Mrs Hailsham-Brown. Tout va s'arranger.

Clarissa ouvrit grands les yeux.

— Que voulez-vous dire ?

— Je suis restée sur le qui-vive ce soir. Je n'ai pas passé tout mon temps étendue sur le lit de la chambre d'amis. (Elle parcourut l'assistance du regard.) Je n'ai jamais aimé cet homme, Elgin, ni sa femme. Ils écoutent aux portes, et courent raconter à la police des histoires de chantage.

— Alors vous avez entendu ça ? demanda Clarissa, intriguée.

— Comme je dis toujours : défendez votre sexe. (Elle regarda Hugo.) Les hommes ! ricana-t-elle. Je n'en pense rien de bon. (Elle s'assit à côté de Clarissa sur le canapé.) S'ils ne retrouvent pas le corps, ma chère, ils ne peuvent pas vous inculper. Et ce que je dis, c'est que si cette brute vous faisait chanter, vous avez bien eu raison de lui fracasser le crâne, et bon débarras.

— Mais je n'ai pas... commença faiblement Clarissa, mais elle fut interrompue par miss Peake.

— Je vous ai entendue tout raconter à l'inspecteur. Et s'il n'y avait pas eu ce fouineur indiscret d'Elgin, votre histoire paraîtrait très bien. Parfaitement crédible.

— Quelle histoire ? interrogea Clarissa.

— Comme quoi vous l'avez pris pour un cambrioleur. C'est cette histoire de chantage qui change tout. Alors je me suis dit qu'il n'y avait qu'une chose à faire... Se débarrasser du corps et laisser les policiers courir après le vent à sa recherche.

Sir Rowland fit quelques pas en arrière, chancelant dans son incrédulité, tandis que miss Peake parcourait la pièce d'un regard complaisant.

— Du beau travail, si je peux me permettre, fanfaronna-t-elle.

Jeremy se leva, fasciné.

— Vous voulez dire que c'est vous qui avez déplacé le corps? demanda-t-il, incrédule.

Tout le monde fixait miss Peake, à présent.

— Nous sommes tous amis, ici, n'est-ce pas? demanda-t-elle en les regardant un à un. Alors je ferais aussi bien de cracher le morceau. Oui, j'ai déplacé le corps. (Elle tapota sa poche.) Et j'ai fermé la porte à clé. J'ai les clés de toutes les portes dans cette maison, de sorte que ce n'était pas un problème.

Bouche bée, Clarissa la contemplait avec stupéfaction.

— Mais comment? Où... où avez-vous mis le corps? lâcha-t-elle.

Miss Peake se pencha en avant et se mit à murmurer d'un air de conspirateur.

— Le lit dans la chambre d'amis. Vous savez, ce grand lit à baldaquin. En travers de la tête du lit, sous le traversin. Ensuite, j'ai refait le lit, et je me suis allongée dessus.

Sir Rowland, sidéré, s'assit à la table de bridge.

— Mais comment avez-vous monté le corps dans la chambre d'amis? demanda Clarissa. Vous n'avez pas pu y arriver toute seule.

— Vous seriez surprise, dit jovialement miss Peake. Le bon vieux truc du pompier. Je l'ai hissé par-dessus mon épaule.

D'un geste, elle en fit la démonstration.

— Mais si vous aviez croisé quelqu'un dans l'escalier ? lui demanda sir Rowland.

— Ah, mais ce n'était pas le cas, répondit miss Peake. Les policiers étaient dans cette pièce avec Mrs Hailsham-Brown. Vous trois étiez confinés dans la salle à manger à ce moment-là. Alors j'ai saisi ma chance, et bien sûr j'ai aussi saisi le corps, je l'ai emporté dans le hall, ai refermé la porte de la bibliothèque, et l'ai monté dans la chambre d'amis.

— Ça alors, je n'en reviens pas ! lâcha sir Rowland.

Clarissa se leva.

— Mais il ne peut pas rester éternellement sous le traversin, fit-elle remarquer.

Miss Peake se tourna vers elle.

— Non, pas éternellement, bien sûr, Mrs Hailsham-Brown. Mais il y sera très bien pour 24 heures. D'ici là, les policiers en auront terminé avec la maison et le jardin. Ils seront en train de fouiller plus loin dans la nature.

Elle parcourut du regard son auditoire captivé.

— Bon, j'ai réfléchi à la façon de se débarrasser de lui, continua-t-elle. Il se trouve que j'ai creusé une belle tranchée bien profonde dans le jardin ce matin, pour les pois de senteur. Eh bien, nous allons y enterrer le corps et planter deux belles rangées de pois de senteur sur toute la longueur.

Les mots lui manquant, Clarissa s'effondra sur le canapé.

— Je crains, miss Peake, déclara sir Rowland, que creuser une tombe ne soit plus du domaine privé.

Cette dernière rit joyeusement à cette remarque.

— Oh, vous, les hommes ! s'exclama-t-elle en agitant un doigt à l'adresse de sir Rowland. Toujours tellement à cheval sur les convenances. Nous autres femmes, nous avons plus de bon sens. (Elle se pencha par-dessus le dossier du canapé pour s'adresser à Clarissa :) Nous sommes même capables de faire face à un meurtre. Pas vrai, Mrs Hailsham-Brown ?

Hugo bondit soudain sur ses pieds.

— C'est absurde ! cria-t-il. Clarissa ne l'a pas tué. Je n'en crois pas un mot.

— Eh bien, si elle ne l'a pas tué, demanda miss Peake avec désinvolture, qui l'a fait ?

À ce moment, Pippa entra par la porte du hall, vêtue d'une robe de chambre, marchant d'un air très ensommeillé, et portant une coupe de verre contenant de la mousse au chocolat, avec une cuiller dedans. Tout le monde se tourna vers elle.

20

Surprise, Clarissa se leva d'un bond.

— Pippa ! s'écria-t-elle. Que fais-tu debout ?

— Je me suis réveillée, alors je suis descendue, dit Pippa entre deux bâillements.

Clarissa la conduisit vers le canapé.

— J'ai affreusement faim, se plaignit Pippa en bâillant de nouveau. (Elle s'assit, puis leva les yeux vers Clarissa et marmonna, d'un ton plein de reproche :) Tu avais dit que tu m'apporterais ça.

Clarissa prit la coupe de mousse au chocolat des mains de Pippa, la posa sur le tabouret, puis s'assit sur le canapé à côté de l'enfant.

— Je croyais que tu dormais encore, Pippa, expliqua-t-elle.

— Je dormais, répondit l'enfant dans un énorme

bâillement. Et puis j'ai cru qu'un policier entrait et me regardait. Je venais de faire un rêve horrible, et je me suis à moitié réveillée. Et puis j'avais faim, alors je me suis dit que j'allais descendre.

Elle frissonna, regarda tout le monde autour d'elle, et continua :

— D'ailleurs, j'ai pensé que c'était peut-être vrai.

Sir Rowland vint s'asseoir sur le canapé de l'autre côté de Pippa.

— Qu'est qui était peut-être vrai, Pippa ? lui demanda-t-il.

— Ce rêve horrible que j'ai fait à propos d'Oliver, répondit la fillette en frissonnant à ce souvenir.

— Qu'as-tu rêvé à propos d'Oliver, Pippa ? demanda doucement sir Rowland. Raconte-moi.

Pippa, l'air nerveux, sortit un petit morceau de cire moulée d'une poche de sa robe de chambre.

— Je l'ai fabriqué tout à l'heure, dit-elle. J'ai fait fondre une bougie en cire, et puis j'ai chauffé une épingle au rouge, et j'ai enfoncé l'épingle dedans.

Comme elle tendait la petite figurine de cire à sir Rowland, Jeremy poussa soudain une exclamation de surprise :

— Seigneur !

Il se leva d'un bond et se mit à regarder partout dans la pièce, à la recherche du livre que Pippa avait essayé de lui montrer plus tôt.

— J'ai prononcé les mots qu'il fallait et tout, expliquait Pippa à sir Rowland, mais je n'ai pas pu le faire tout à fait comme disait le livre.

— Quel livre ? demanda Clarissa. Je ne comprends pas.

Jeremy, qui fouillait sur les étagères, trouva ce qu'il cherchait.

— Le voilà ! s'exclama-t-il en tendant le livre à Clarissa par-dessus le dossier du canapé. Pippa l'a acheté au marché aujourd'hui. Elle appelait ça un livre de recettes.

L'enfant se mit soudain à rire.

— Et tu m'as demandé : « Est-ce que ça se mange ? » rappela-t-elle à Jeremy.

Clarissa examina le livre.

— « Cent sorts éprouvés et fiables », lut-elle sur la couverture. (Elle ouvrit le livre, et continua à lire :) « Comment soigner les verrues. Comment réaliser votre vœu le plus cher. Comment détruire votre ennemi. » Oh, Pippa ! c'est ce que tu as fait ?

La fillette regarda sa belle-mère d'un air solennel.

— Oui, répondit-elle.

Comme Clarissa rendait le livre à Jeremy, Pippa regarda la figure de cire que sir Rowland tenait toujours à la main.

— Elle ne ressemble pas beaucoup à Oliver, reconnut-elle, et je n'ai pas pu obtenir de ses cheveux. Mais je l'ai faite aussi ressemblante que j'ai pu... et puis... et puis... j'ai rêvé, j'ai cru... (Elle écarta les cheveux de son visage en parlant.) J'ai cru que je descendais ici et qu'il était là. (Elle indiqua un endroit derrière le canapé.) Et tout était vrai.

Sir Rowland posa tranquillement la figure de cire sur le tabouret, tandis que Pippa continuait :

— Il était là, mort. Je l'avais tué. (Elle les regarda tour à tour, et se mit à trembler.) C'est vrai ? Je l'ai tué ?

— Non, chérie. Non, dit Clarissa, les larmes aux yeux, en l'entourant de son bras.

— Mais il était là, insista l'enfant.

— Je sais, Pippa, lui dit sir Rowland. Mais tu ne l'as pas tué. Quand tu as enfoncé l'épingle dans la figure de cire, c'était ta haine et ta peur que tu as tuées de cette manière. Tu n'as plus peur de lui, et tu ne le détestes plus. Ce n'est pas vrai ?

Pippa se tourna vers lui.

— Oui, c'est vrai, reconnut-elle. Mais je l'ai vu. (Elle regarda brièvement par-dessus le dossier du canapé.) Je suis descendue ici et je l'ai vu étendu là, mort. (Elle appuya sa tête sur la poitrine de sir Rowland.) Je l'ai vraiment vu, oncle Roly.

— Oui, chérie, tu l'as vraiment vu, lui dit doucement sir Rowland. Mais ce n'est pas toi qui l'as tué. (Elle leva vers lui un regard anxieux, et il continua :) Maintenant, écoute-moi bien, Pippa. Quelqu'un l'a frappé à la tête avec une grosse canne. Tu n'as pas fait ça, n'est-ce pas ?

— Oh non ! dit Pippa en secouant vigoureusement la tête. Non, pas une canne. (Elle se tourna vers Clarissa.) Tu veux dire une canne de golf, comme celle qu'avait Jeremy ?

Jeremy rit.

— Non, pas une canne de golf, Pippa, expliqua-t-il. Quelque chose comme cette grosse canne qu'on range dans le porte-parapluies du hall.

— Tu veux parler de celle qui appartenait à Mr Sellon, celle que miss Peake appelle une massue? demanda Pippa.

Jeremy acquiesça.

— Oh, non! Je n'irais pas faire une chose pareille. Je ne pourrais pas.

Elle se tourna vers sir Rowland.

— Oh, oncle Roly, je ne l'aurais pas tué pour de vrai.

— Bien sûr que non, intervint Clarissa d'une voix calme et pleine de bon sens. Et maintenant, ma chérie, tu vas manger ta mousse au chocolat et oublier tout ça.

Elle prit la coupe et la lui proposa, mais Pippa refusa en secouant la tête, et Clarissa reposa la coupe sur le tabouret. Sir Rowland et elle aidèrent Pippa à s'allonger sur le canapé, Clarissa prit la main de la fillette, et sir Rowland caressa affectueusement les cheveux de l'enfant.

— Je ne comprends pas un mot de tout ça, annonça miss Peake. Qu'est-ce que c'est que ce livre, d'abord? demanda-t-elle à Jeremy qui le parcourait maintenant distraitement.

— « Comment provoquer la peste chez le bétail de votre voisin. » Cela vous attire, miss Peake? répondit-il. Je suppose qu'en l'adaptant un peu, vous pourriez provoquer des taches noires sur les roses de votre voisin.

— Je ne vois pas ce que vous voulez dire, dit cette dernière avec brusquerie.

— Magie noire, expliqua Jeremy.

— Je ne suis pas superstitieuse, Dieu soit loué, grogna-t-elle avec mépris en s'écartant de lui.

Hugo, qui essayait depuis un moment de suivre le cours des événements, avoua :

— Je suis dans le brouillard complet.

— Moi aussi, renchérit miss Peake en lui donnant une tape sur l'épaule. Alors je vais juste aller jeter un œil et voir comment les hommes en bleu s'en tirent.

Avec un autre de ses rires tonitruants, elle sortit dans le hall.

Sir Rowland regarda tour à tour Clarissa, Hugo et Jeremy.

— Bon, où cela nous mène-t-il ? demanda-t-il.

Clarissa se remettait des révélations des quelques minutes qui venaient de s'écouler.

— Que j'ai été stupide ! s'exclama-t-elle, l'air confus. J'aurais dû savoir que Pippa ne pouvait absolument pas... j'ignorais complètement l'existence de ce livre. Pippa m'a dit qu'elle l'avait tué et je... j'ai cru que c'était vrai.

Hugo se leva.

— Oh, vous voulez dire que vous avez cru que Pippa...

— Oui, chéri, l'interrompit Clarissa d'un ton pressant et péremptoire pour l'empêcher d'en dire plus.

Mais la fillette, heureusement, était maintenant paisiblement endormie sur le canapé.

— Oh, je vois, dit Hugo. Tout s'explique. Seigneur Dieu !

— Eh bien, nous ferions mieux d'aller voir la police maintenant, et de leur dire enfin la vérité, suggéra Jeremy.

Sir Rowland secoua la tête d'un air pensif.

— Je ne sais pas, murmura-t-il. Clarissa leur a déjà raconté trois versions différentes...

— Non. Attendez, l'interrompit soudain Clarissa. Je viens d'avoir une idée. Hugo, quel était le nom de la boutique de Mr Sellon ?

— C'était juste un magasin d'antiquités, répondit vaguement Hugo.

— Oui, je le sais ! s'exclama impatiemment Clarissa. Mais comment s'appelait-il ?

— Comment ça « comment s'appelait-il » ?

— Oh, mon Dieu, vous ne me facilitez pas la tâche ! Vous l'avez dit il y a un moment, et je voudrais que vous le répétiez. Mais je ne veux pas vous demander de le dire, ni le dire à votre place.

Hugo, Jeremy et Sir Rowland échangèrent un regard perplexe.

— Tu as la moindre idée de ce qu'elle peut bien vouloir dire, Roly ? demanda plaintivement Hugo.

— Aucune idée, répondit sir Rowland. Essaie encore, Clarissa.

Clarissa parut exaspérée.

— C'est pourtant simple, insista-t-elle. Comment s'appelait le magasin d'antiquités de Maidstone ?

— Il n'avait pas de nom, répondit Hugo. Les magasins d'antiquités ne s'appellent pas « Mon repos » ou je ne sais quoi.

— Mon Dieu, donnez-moi la patience ! marmonna Clarissa entre ses dents. (S'exprimant lentement et distinctement, et marquant une pause après chaque mot, elle lui demanda de nouveau :) Qu'y-avait-il-écrit-au-dessus-de-la-porte ?

— Écrit ? Rien, dit Hugo. Qu'est-ce qui devrait y être écrit ? Seulement le nom des propriétaires, « Sellon and Brown », évidemment.

— Enfin ! s'écria Clarissa avec jubilation. Je pensais bien que c'était ce que vous aviez dit, mais je n'en étais pas sûre. Sellon and Brown. Je m'appelle Hailsham-Brown.

Elle regarda tour à tour les trois hommes, mais ils se contentèrent d'ouvrir grands les yeux, une incompréhension totale se peignant sur leurs visages.

— Nous avons obtenu cette maison pour pratiquement rien, continua Clarissa. D'autres gens qui étaient venus la voir avant nous se sont vu demander un loyer si exorbitant qu'ils sont partis dégoûtés. Vous comprenez, maintenant ?

Hugo la regarda d'un air ébahi avant de répondre :

— Non.

Jeremy secoua la tête.

— Pas encore, mon amour.

Sir Rowland la dévisagea avec attention.

— Tes révélations sont bien obscures, dit-il pensivement.

Clarissa arborait une expression d'excitation intense.

— L'associé de Mr Sellon qui vit à Londres est une femme, expliqua-t-elle à ses amis. Aujourd'hui, quelqu'un a téléphoné ici et a demandé à parler à Mrs Brown. Pas à Mrs Hailsham-Brown, juste à Mrs Brown.

— Je vois où tu veux en venir, dit sir Rowland en hochant lentement la tête.

Hugo secoua la sienne.

— Moi pas, avoua-t-il.

Clarissa se tourna vers lui.

— Un marron d'Inde ou une dinde aux marrons, l'un des deux fait toute la différence, remarqua-t-elle, énigmatique.

— Vous n'êtes pas prise de délire, j'espère, Clarissa? lui demanda anxieusement Hugo.

— Quelqu'un a tué Oliver, leur rappela-t-elle. Ce n'est pas l'un de vous trois. Ce n'est pas moi, ni Henry. (Elle marqua une pause avant de continuer :) Et ce n'est pas Pippa, Dieu merci! Alors qui est-ce?

— C'est sans doute ce que j'ai dit à l'inspecteur, suggéra sir Rowland. Quelqu'un de l'extérieur. Quelqu'un a suivi Oliver ici.

— Oui, mais pour quelle raison? demanda Clarissa d'un air entendu.

Comme personne ne répondait, elle continua d'exposer ses spéculations :

— Quand je vous ai tous quittés à la grille, aujourd'hui, je suis rentrée ici par la porte-fenêtre, et Oliver se tenait près de ce bureau. Il était très surpris de me voir. Il a dit : « Que faites-vous ici, Clarissa? » J'ai pensé que c'était juste une façon tortueuse de chercher à me contrarier. Mais supposons que ce soit simplement ce qu'il a voulu dire?

Ses auditeurs paraissaient attentifs, mais restèrent silencieux. Clarissa continua :

— Supposons juste qu'il ait été surpris de me voir. Il croyait que la maison appartenait à quelqu'un d'autre.

Il croyait que la personne qu'il trouverait ici serait la Mrs Brown qui était l'associée de Mr Sellon.

Sir Rowland secoua la tête.

— Ne savait-il pas qu'Henry et toi étiez dans cette maison ? lui demanda-t-il. Miranda ne le savait pas ?

— Quand Miranda doit communiquer, elle passe toujours par ses avocats. Ni elle ni Oliver ne savaient nécessairement que nous habitions cette maison, expliqua Clarissa. Je vous le dis, je suis sûre qu'Oliver Costello ne se doutait pas un instant qu'il allait me voir. Oh, il s'est remis assez rapidement et m'a prétexté qu'il était venu discuter de Pippa. Puis il a fait semblant de partir, mais il est revenu parce que...

Elle s'interrompit, car miss Peake entrait par la porte du hall.

— La chasse continue, annonça-t-elle avec vivacité. Ils ont regardé sous tous les lits, j'imagine, et maintenant ils sont sortis dans le parc.

Elle partit de son gros rire habituel.

Clarissa la dévisagea d'un regard perçant.

— Miss Peake, dit-elle, vous souvenez-vous de ce qu'a dit Mr Costello juste avant de partir ?

Miss Peake eut l'air ébahi.

— Pas la moindre idée, reconnut-elle.

— Il a dit : « Je suis venu voir Mrs Brown », n'est-ce pas ? lui rappela Clarissa.

Miss Peake réfléchit un instant, puis répondit :

— Je crois bien que oui. Oui. Pourquoi ?

— Mais ce n'est pas moi qu'il est venu voir, insista Clarissa.

— Eh bien, si ce n'était pas vous, alors je ne vois pas qui ça pouvait être, répondit miss Peake avec un autre rire jovial.

Clarissa s'exprima avec emphase :

— C'était vous ! Vous êtes Mrs Brown, n'est-ce pas ?

21

Miss Peake, apparemment complètement stupéfaite de l'accusation de Clarissa, sembla un moment incertaine de l'attitude à adopter. Quand elle répondit enfin, son attitude avait changé. Abandonnant son habituel ton jovial et chaleureux, elle s'exprima avec gravité :

— C'est très malin de votre part, dit-elle. Oui, je suis Mrs Brown.

Clarissa s'était livrée à une réflexion rapide.

— Vous êtes l'associée de Mr Sellon, lança-t-elle. Cette maison vous appartient. Vous l'avez héritée de Sellon avec le commerce. Pour une raison ou une autre, vous avez eu l'idée de lui trouver un locataire qui s'appellerait Brown. En fait, vous teniez absolument à avoir une Mrs Brown en résidence ici. Vous avez pensé que ce ne serait pas trop difficile, vu que c'est un nom très répandu. Mais finalement, vous avez dû vous contenter de Hailsham-Brown. Je ne sais pas exactement pourquoi vous vouliez que je sois sous les projecteurs pendant que vous observiez la scène. Je ne comprends pas les tenants et les aboutissants...

Mrs Brown, alias miss Peake, l'interrompit :

— Charles Sellon a été assassiné. Cela ne fait aucun doute. Il avait mis la main sur quelque chose qui avait une grande valeur. Je ne sais pas comment, je ne sais même pas ce que c'était. Il n'était pas toujours très... (Elle hésita.) ... scrupuleux.

— C'est ce qu'on nous a dit, observa sèchement sir Rowland.

— Quel que soit cet objet, continua Mrs Brown, on l'a tué pour le prendre. Et la personne qui l'a tué n'a pas trouvé cet objet. C'était probablement parce qu'il ne se trouvait pas dans la boutique, il était ici. J'ai pensé que, qui que soit le meurtrier, il viendrait ici tôt ou tard, à sa recherche. Je voulais pouvoir surveiller, par conséquent j'avais besoin d'une fausse Mrs Brown. D'une remplaçante.

Sir Rowland eut une exclamation contrariée.

— Cela ne vous a pas dérangé, demanda-t-il avec emportement, que Mrs Hailsham-Brown, une femme parfaitement innocente qui ne vous avait fait aucun mal, soit en danger?

— J'ai gardé l'œil sur elle, pas vrai? répondit Mrs Brown sur la défensive. À tel point que cela vous contrariait tous, par moments. L'autre jour, quand un homme est passé et lui a offert un prix exorbitant de ce bureau, j'ai eu la certitude que j'étais sur la bonne piste. Pourtant, je jurerais qu'il n'y avait rien dans ce bureau qui ait la moindre valeur.

— Avez-vous examiné le tiroir secret ? lui demanda sir Rowland.

Mrs Brown eut l'air surpris.

— Un tiroir secret, il y en a un ? s'exclama-t-elle en se dirigeant vers le bureau.

Clarissa l'intercepta.

— Il n'y a plus rien dedans. Pippa a trouvé le tiroir, mais il n'y avait que de vieux autographes à l'intérieur.

— Clarissa, j'aimerais assez jeter un autre coup d'œil sur ces autographes, demanda sir Rowland.

Clarissa s'approcha du canapé.

— Pippa, où as-tu mis... ? Oh, elle dort.

Mrs Brown s'approcha et baissa les yeux vers l'enfant.

— Profondément, confirma-t-elle. C'est à cause de toute cette excitation. (Elle regarda Clarissa.) Tenez, dit-elle, je vais la porter là-haut et la mettre dans son lit.

— Non, intervint vivement sir Rowland.

Tout le monde le regarda.

— Elle ne pèse rien du tout, fit remarquer Mrs Brown. Pas le quart de ce que pesait feu Mr Costello.

— Peu importe, insista sir Rowland. Je crois qu'elle sera plus en sécurité ici.

Les autres se tournèrent tous vers miss Peake/ Mrs Brown, qui fit un pas en arrière, regarda autour d'elle, et s'exclama, indignée :

— Plus en sécurité ?

— C'est ce que j'ai dit, confirma sir Rowland. (Il

parcourut la pièce du regard, et continua :) Cette enfant a dit une chose très significative, il y a un instant.

Il s'assit à la table de bridge, suivi des yeux par tous. Il y eut un silence, puis Hugo, allant s'asseoir en face de sir Rowland, demanda :

— Qu'est-ce qu'elle a dit, Roly ?

— Si vous essayez tous de vous souvenir, suggéra sir Rowland, vous trouverez peut-être ce que c'était.

Ses auditeurs échangèrent des regards, tandis que sir Rowland prenait l'exemplaire du *Who's who* et se mettait à le consulter.

— Je ne comprends pas, avoua Hugo en secouant la tête.

— Qu'a dit Pippa ? interrogea Jeremy.

— Je ne vois pas, dit Clarissa. (Elle essaya de reporter son esprit sur la scène.) Quelque chose à propos du policier ? Ou du rêve ? Qu'elle était descendue ici ? À moitié endormie ?

— Allez, Roly, pressa Hugo. Ne sois pas si fichtrement mystérieux. De quoi s'agit-il ?

Sir Rowland leva les yeux.

— Quoi ? demanda-t-il, l'air absent. Ah, oui ! Ces autographes. Où sont-ils ?

Hugo claqua des doigts.

— Je crois me souvenir que Pippa les a mis dans cette boîte ornée de coquillages là-bas.

Jeremy s'approcha des étagères.

— Ici ? demanda-t-il.

Trouvant la boîte aux coquillages, il en sortit l'enveloppe.

— Oui, en effet. Les voilà, confirma-t-il en sortant les autographes de l'enveloppe et en les tendant à sir Rowland, qui avait maintenant refermé le *Who's who*.

Jeremy mit l'enveloppe vide dans sa poche pendant que sir Rowland examinait les autographes à l'aide de son monocle.

— Victoria Regina, Dieu la bénisse, murmura sir Rowland en examinant le premier des autographes. La reine Victoria. Encre brune passée. Bon, et celui-ci ? John Ruskin... oui, c'est authentique, à mon avis. Et celui-là ? Robert Browning... hum... le papier n'est pas aussi ancien qu'il le devrait.

— Roly ! Que veux-tu dire ? demanda Clarissa avec excitation.

— J'ai acquis quelque expérience des encres invisibles et de ce genre de choses, pendant la guerre, expliqua sir Rowland. Si l'on veut noter secrètement quelque chose, ce ne serait pas une mauvaise idée de l'écrire à l'encre invisible sur une feuille de papier, puis d'en faire un faux autographe. Mettez cet autographe avec d'autres autographes, authentiques ceux-là, et personne ne le remarquera ou n'ira y regarder à deux fois, probablement. Pas plus que nous.

Mrs Brown avait l'air perplexe.

— Mais qu'aurait pu écrire Charles Sellon qui vaudrait quatorze mille livres ? voulut-elle savoir.

— Rien du tout, ma chère, répondit sir Rowland. Mais j'ai dans l'idée, voyez-vous, que c'était peut-être une question de sécurité.

— Sécurité ? interrogea-t-elle.

— Oliver Costello, expliqua sir Rowland, était soupçonné de trafic de drogue. Sellon, à ce que nous a dit l'inspecteur, a été interrogé une ou deux fois par la brigade des stupéfiants. Il y a un lien entre les deux, vous ne croyez pas ?

Comme Mrs Brown se contentait d'avoir l'air ébahi, il continua :

— Bien sûr, ce n'est peut-être qu'une idée idiote de ma part. (Il baissa les yeux vers l'autographe qu'il tenait à la main.) Je ne crois pas que Sellon se serait livré à quoi que ce soit de compliqué. Du jus de citron, peut-être, ou une solution de chlorure de baryum. Un peu de chaleur devrait suffire. Nous pourrons toujours essayer la vapeur d'iode plus tard. Oui, essayons d'abord un peu de chaleur.

Il se leva.

— Allons-nous tenter l'expérience ?

— Il y a un radiateur électrique dans la bibliothèque, dit Clarissa. Jeremy, voulez-vous aller le chercher ?

— Toute cette histoire est ridicule, grogna Mrs Brown. C'est complètement tiré par les cheveux.

Clarissa n'était pas de cet avis.

— Non, pas du tout. Je trouve que c'est une excellente idée, déclara-t-elle tandis que Jeremy revenait de la bibliothèque, portant un petit radiateur électrique. Vous l'avez ?

— Le voilà, répondit-il. Où est la prise ?

— Là, dit Clarissa en l'indiquant du doigt.

Elle tint le radiateur pendant que Jeremy le branchait à la prise murale, puis elle le posa à terre.

Sir Rowland prit l'autographe de Robert Browning et

se plaça près du radiateur. Jeremy s'agenouilla à côté, et les autres s'approchèrent le plus possible pour observer le résultat.

— Nous ne devons pas trop espérer, les avertit sir Rowland. Après tout, ce n'est qu'une idée, mais il devait y avoir une très bonne raison pour que Sellon conserve ces morceaux de papier dans un endroit aussi secret.

— Ça me rappelle de vieux souvenirs, déclara Hugo. Je me souviens d'avoir écrit des messages secrets avec du jus de citron quand j'étais gosse.

— Par lequel allons-nous commencer? demanda Jeremy avec enthousiasme.

— Je dirais la reine Victoria, dit Clarissa.

— Non, six contre un sur Ruskin, proposa Jeremy.

— Eh bien, je place mon argent sur Robert Browning, décida sir Rowland en se penchant et en tenant le papier devant le radiateur.

— Ruskin? Un type franchement obscur. Je n'ai jamais compris un mot à sa poésie, se sentit contraint de commenter Hugo.

— Exactement, acquiesça sir Rowland. Elle est pleine de significations cachées.

Ils se tordirent tous le cou pour regarder par-dessus l'épaule de sir Rowland.

— S'il ne se passe rien, je ne le supporterai pas! s'exclama Clarissa.

— Je crois... oui, il y a quelque chose, murmura sir Rowland.

— Oui, quelque chose est en train d'apparaître, remarqua Jeremy.

— Ah oui ? Laissez-moi voir, dit Clarissa avec excitation.

Hugo se fraya un passage entre Clarissa et Jeremy.

— Poussez-vous de là, jeune homme.

— Du calme, se plaignit sir Rowland. Ne me bousculez pas... oui... il y a quelque chose écrit. (Il s'interrompit un instant, puis se redressa en s'écriant :) Nous le tenons !

— Qu'est-ce que vous tenez ? voulut savoir Mrs Brown.

— Une liste de six noms et adresses, répondit sir Rowland. Des revendeurs de drogue, à mon avis. Et l'un de ces noms est Oliver Costello.

Les exclamations fusèrent.

— Oliver ! dit Clarissa. C'est donc pour ça qu'il est venu, et quelqu'un a dû le suivre et... oh, oncle Roly, nous devons en informer la police ! Venez, Hugo.

Clarissa fonça vers la porte du hall, suivie de Hugo qui marmonnait :

— C'est la chose la plus extraordinaire que j'aie jamais entendue.

Sir Rowland ramassa les autres autographes, pendant que Jeremy débranchait le radiateur et le rapportait dans la bibliothèque.

Sur le point de suivre Clarissa et Hugo, sir Rowland s'arrêta dans l'encadrement de la porte.

— Vous venez, miss Peake ? demanda-t-il.

— Vous n'avez pas besoin de moi, si ?

— Je crois que si. Vous étiez l'associée de Sellon.

— Je n'ai jamais rien eu à voir avec le trafic de drogue, insista Mrs Brown. Je m'occupais juste des antiquités. Je faisais tous les achats et toutes les ventes à Londres.

— Je vois, répondit sir Rowland sans se compromettre en lui tenant ouverte la porte du hall.

Jeremy revint de la bibliothèque et ferma soigneusement la porte derrière lui. Il s'approcha de la porte du hall et écouta un moment. Après un regard à Pippa, il alla vers la chauffeuse, prit le coussin qui s'y trouvait, et se dirigea lentement vers le canapé où l'enfant était endormie.

Pippa remua dans son sommeil. Jeremy s'immobilisa un moment, mais lorsqu'il fut certain qu'elle dormait toujours, il continua de s'approcher du canapé et alla se placer derrière la tête de la fillette. Puis, lentement, il se mit à baisser le coussin vers son visage.

À cet instant, Clarissa entra dans la pièce. Entendant la porte du hall, Jeremy plaça soigneusement le coussin sur les pieds de Pippa.

— Je me suis souvenu de ce qu'avait dit sir Rowland, se justifia-t-il, et j'ai pensé que nous ne devrions peut-être pas laisser Pippa toute seule. Elle avait les pieds un peu froids, alors j'étais en train de les couvrir.

Clarissa se dirigea vers le tabouret.

— Toute cette excitation m'a donné une faim terrible, déclara-t-elle.

Elle baissa les yeux vers l'assiette de sandwiches, puis continua, l'air extrêmement déçue :

— Oh, Jeremy, vous avez tout mangé !

— Désolé, mais je mourais de faim, dit-il, l'air le moins navré du monde.

— Je ne vois pas pourquoi, le réprimanda-t-elle. Vous avez dîné. Moi pas.

Jeremy se percha sur le dossier du canapé.

— Non, je n'ai pas dîné non plus. Je travaillais mes coups rapprochés. Je ne suis arrivé dans la salle à manger que juste après votre coup de téléphone.

— Oh, je vois! répondit nonchalamment Clarissa. (Elle se pencha par-dessus le dossier du canapé pour tapoter le coussin. Soudain, ses yeux s'agrandirent. D'une voix profondément émue, elle répéta :) Je vois. Vous... c'était vous.

— Que voulez-vous dire?

— Vous! répéta Clarissa, presque pour elle-même.

— Que voulez-vous dire?

Clarissa le regarda dans les yeux.

— Que faisiez-vous avec ce coussin quand je suis entrée dans la pièce?

Il rit.

— Je vous l'ai dit. Je couvrais les pieds de Pippa. Ils étaient froids.

— Vraiment? Est-ce vraiment ce que vous alliez faire? Ou bien alliez-vous lui couvrir la bouche?

— Clarissa! s'exclama-t-il avec indignation. Quelle idée ridicule!

— J'étais certaine qu'aucun d'entre nous n'avait pu tuer Oliver Costello. Je l'ai dit à tout le monde. Mais l'un de nous a pu le tuer. Vous. Vous étiez dehors, sur le terrain de golf, seul. Vous auriez pu revenir à la maison, entrer par la fenêtre de la bibliothèque que vous aviez laissée ouverte, et vous aviez toujours votre club de golf à la main. Bien sûr. C'est ce qu'a vu Pippa. C'est ce qu'elle voulait dire quand elle a déclaré : « Une canne de golf comme celle qu'avait Jeremy. » Elle vous a vu.

— C'est complètement absurde, Clarissa, objecta Jeremy, en tentant sans succès de rire.

— Non, pas du tout, insista-t-elle. Ensuite, après avoir tué Oliver, vous êtes retourné au club et vous avez téléphoné à la police pour qu'ils viennent ici, trouvent le corps, et croient que c'était Henry ou moi qui l'avions tué.

Jeremy bondit sur ses pieds.

— Quelles âneries invraisemblables !

— Ce ne sont pas des âneries. C'est la vérité. Je sais que c'est la vérité ! s'exclama Clarissa. Mais pourquoi ? Voilà ce que je ne comprends pas. Pourquoi ?

Ils restèrent face à face, dans un silence tendu, pendant quelques instants. Puis Jeremy poussa un profond soupir. Il sortit de sa poche l'enveloppe qui avait contenu les autographes. Il la tendit à Clarissa, mais ne la laissa pas la prendre.

— C'est à cause de ceci, lui dit-il.

Clarissa baissa brièvement les yeux sur l'enveloppe.

— C'est l'enveloppe dans laquelle étaient conservés les autographes, dit-elle.

— Il y a un timbre dessus, expliqua tranquillement Jeremy. C'est ce qu'on appelle un timbre erreur. Imprimé dans la mauvaise couleur. Un timbre suédois du même type s'est vendu quatorze mille trois cents livres l'année dernière.

— Alors c'était ça, souffla Clarissa en reculant.

— Sellon est entré en possession de ce timbre,

continua Jeremy. Il a écrit à mon patron, sir Kenneth, pour l'en informer. Mais c'est moi qui ai ouvert la lettre. Je suis venu voir Sellon...

Il s'interrompit, et Clarissa termina la phrase à sa place :

— Et vous l'avez tué.

Jeremy acquiesça sans rien dire.

— Mais vous n'avez pas trouvé le timbre, devina Clarissa tout haut en s'écartant de lui.

— Vous avez encore raison, admit Jeremy. Il n'était pas dans le magasin, alors j'étais sûr qu'il se trouvait ici, dans sa maison.

Il commença à se diriger vers Clarissa, tandis qu'elle continuait à reculer.

— Ce soir, j'ai cru que Costello m'avait coiffé au poteau.

— Et vous l'avez tué, lui aussi, dit Clarissa.

Jeremy acquiesça de nouveau.

— Et à l'instant, vous auriez tué Pippa? souffla-t-elle.

— Pourquoi pas? répondit-il d'un ton neutre.

— Je n'arrive pas à le croire soupira la jeune femme.

— Ma chère Clarissa, quatorze mille livres représentent énormément d'argent, observa-t-il avec un sourire qui réussissait à être à la fois contrit et sinistre.

— Mais pourquoi me racontez-vous ça? demanda-t-elle, à la fois perplexe et anxieuse. Imaginez-vous un seul instant que je ne vais pas le dire à la police?

— Vous leur avez raconté tant de mensonges qu'ils ne vous croiront jamais, répondit-il, désinvolte.

— Oh si, ils me croiront!

— D'ailleurs, continua Jeremy en avançant sur elle,

vous n'en aurez pas l'occasion. Vous croyez qu'ayant tué deux personnes, cela m'inquiéterait d'en tuer une troisième ?

Il prit Clarissa à la gorge, et elle poussa un hurlement.

22

La réponse au cri de Clarissa ne se fit pas attendre. Sir Rowland entra rapidement par la porte du hall, allumant les appliques murales au passage, tandis que l'agent Jones se précipitait dans la pièce par la porte-fenêtre, et que l'inspecteur Lord arrivait en hâte de la bibliothèque.

L'inspecteur agrippa Jeremy.

— Très bien, Warrender. Nous avons tout entendu, merci, annonça-t-il. Et ce sont toutes les preuves dont nous avons besoin. Donnez-moi cette enveloppe.

Clarissa recula derrière le canapé en se tenant la gorge tandis que Jeremy tendait l'enveloppe à l'inspecteur, en remarquant froidement :

— Alors c'était un piège, hein ? Très malin.

— Jeremy Warrender, dit l'inspecteur Lord, je vous

arrête pour le meurtre d'Oliver Costello, et je dois vous avertir que tout ce que vous direz pourra être retenu contre vous.

— Vous pouvez économiser votre salive, inspecteur, répondit Jeremy avec aisance. Je ne dirai rien. C'était un bon coup, mais ça n'a pas marché, voilà tout.

— Emmenez-le, ordonna l'inspecteur à l'agent Jones, qui prit Jeremy par le bras.

— Qu'est-ce qui se passe, Mr Jones ? On a oublié ses menottes ? demanda froidement Jeremy tandis que le policier lui tordait le bras droit derrière le dos et le faisait sortir sans ménagement par la porte-fenêtre.

Secouant tristement la tête, sir Rowland le regarda partir, puis se tourna vers Clarissa.

— Tout va bien, ma chérie ? demanda-t-il anxieusement.

— Oui, oui, ça va, répondit Clarissa, quelque peu hors d'haleine.

— Je ne voulais pas t'exposer à ça, dit sir Rowland d'un air contrit.

Elle le considéra avec méfiance.

— Tu savais que c'était Jeremy, n'est-ce pas ?

L'inspecteur intervint :

— Mais qu'est-ce qui vous a fait penser au timbre, monsieur ?

Sir Rowland s'approcha de l'inspecteur Lord et lui prit l'enveloppe.

— Eh bien, inspecteur, commença-t-il, quand Pippa m'a donné l'enveloppe ce soir, cela m'a rappelé quelque chose. Ensuite, quand j'ai découvert dans le *Who's who* que l'employeur du jeune Warrender, sir Kenneth Thomson, était collectionneur de timbres, mes soupçons se sont accrus, et il y a un moment, quand il a eu l'impertinence d'empocher l'enveloppe sous mon nez, c'est devenu une certitude.

Il rendit l'enveloppe à l'inspecteur.

— Prenez-en bien soin, inspecteur. Vous découvrirez sans doute qu'elle a beaucoup de valeur, en plus de constituer une preuve.

— Pour une preuve, c'en est une, rétorqua l'inspecteur Lord. Un jeune criminel particulièrement vicieux va avoir ce qu'il mérite. (Se dirigeant vers la porte du hall, il continua :) Cependant, nous devons encore retrouver le corps.

— Oh, c'est facile, inspecteur! dit Clarissa d'une voix rassurante. Regardez dans le lit de la chambre d'amis.

L'inspecteur se retourna et la considéra d'un air désapprobateur.

— Vraiment, Mrs Hailsham-Brown...

Il fut interrompu par Clarissa :

— Pourquoi personne ne me croit-il jamais? s'écria-t-elle plaintivement. Il est dans le lit de la chambre d'amis. Allez donc voir, inspecteur. En travers du lit, sous le traversin. C'est miss Peake qui l'a mis là, par gentillesse.

— Par... ?

L'inspecteur s'interrompit, les mots lui manquant visiblement. Il alla à la porte, se retourna, et dit d'un ton plein de reproches :

— Vous savez, Mrs Hailsham-Brown, vous ne nous

avez pas facilité la tâche ce soir, en nous racontant toutes ces histoires à dormir debout. Je suppose que vous avez cru que c'était votre mari qui avait fait le coup, et que vous mentiez pour le couvrir. Mais vous ne devriez pas faire ça, madame. Vous ne devriez vraiment pas.

Avec un hochement de tête final, il quitta la pièce.

— Ça alors ! s'exclama Clarissa, indignée. (Elle se tourna vers le canapé.) Oh, Pippa...

— Mieux vaudrait la porter dans son lit, conseilla sir Rowland. Elle ne risque plus rien, maintenant.

Secouant l'enfant avec précaution, Clarissa dit doucement :

— Allons, Pippa. Hop là ! Il est temps d'aller au lit.

Pippa se leva, chancelante.

— J'ai faim, murmura-t-elle.

— Oui, oui, je n'en doute pas, affirma Clarissa en la conduisant vers la porte du hall. Viens, nous allons voir ce qu'on peut trouver.

— Bonne nuit, Pippa, lança sir Rowland, qui fut gratifié d'un « Bon' nuit » ensommeillé tandis que Clarissa et Pippa quittaient la pièce.

Il s'assit à la table de bridge, et avait commencé à ranger les cartes à jouer dans leurs boîtes quand Hugo entra par la porte du hall.

— Dieu me bénisse ! s'exclama Hugo. Je ne l'aurais jamais cru. Le jeune Warrender. Il avait l'air d'un jeune gars plutôt honnête. Il a fréquenté une bonne école. Il connaissait tous les gens convenables.

— Mais était parfaitement disposé à commettre un meurtre pour quatorze mille livres, observa suavement sir Rowland. Cela arrive de temps en temps, Hugo, dans toutes les classes de la société. Une personnalité séduisante, et aucun sens moral.

Mrs Brown, l'ancienne miss Peake, passa la tête par la porte du hall.

— Je suis juste venue vous dire, sir Rowland, annonça-t-elle en reprenant son habituelle voix tonitruante, qu'il faut que j'aille au poste de police. Ils veulent que je fasse une déclaration. Ils ne sont pas ravis du tour que je leur ai joué. Ils vont me passer un savon, j'en ai bien peur.

Elle éclata de rire, se retira, et claqua la porte.

Hugo la regarda partir, puis alla rejoindre sir Rowland à la table de bridge.

— Tu sais, Roly, je ne comprends toujours pas très bien, admit-il. C'était miss Peake qui était Mrs Sellon, ou Mr Sellon qui était Mr Brown ? Ou le contraire ?

Sir Rowland échappa à l'obligation de répondre grâce au retour de l'inspecteur Lord, qui entra dans la pièce pour prendre sa casquette et ses gants.

— Nous emportons le corps, à présent, messieurs.

Il marqua une courte pause avant d'ajouter :

— Sir Rowland, verriez-vous un inconvénient à faire remarquer à Mrs Hailsham-Brown que, si elle raconte ces histoires invraisemblables à la police, elle finira par s'attirer de réels ennuis ?

— En fait, elle vous a dit la vérité une fois, vous savez, inspecteur, lui rappela tranquillement sir Rowland, mais en cette occasion vous avez refusé de la croire.

L'inspecteur sembla quelque peu embarrassé.

— Oui.. hum... eh bien... commença-t-il.

Puis, reprenant ses esprits, il déclara :

— Franchement, monsieur, c'était un peu dur à avaler, vous le reconnaîtrez.

— Oh, je le reconnais, certainement, acquiesça sir Rowland.

— Ce n'est pas que je vous le reproche, monsieur, continua l'inspecteur Lord sur le ton de la confidence. Mrs Hailsham-Brown est une dame qui a beaucoup de charme. (Il secoua la tête d'un air pensif.) Eh bien, bonsoir, monsieur, dit-il.

— Bonsoir, inspecteur, répondit aimablement sir Rowland.

— Bonsoir, Mr Birch, lança l'inspecteur en reculant vers la porte du hall.

— Bonsoir, inspecteur, et bien joué, répondit Hugo, s'approchant de lui et lui serrant la main.

— Merci, monsieur, dit l'inspecteur Lord.

Il sortit, et Hugo bâilla.

— Bon, je crois que je ferais mieux de rentrer me coucher, annonça-t-il. Sacrée soirée, hein ?

— Comme tu dis, Hugo, sacrée soirée, répondit sir Rowland en finissant de ranger la table de bridge. Bonne nuit.

— Bonne nuit, répondit Hugo, et il sortit dans le hall.

Sir Rowland laissa les cartes et les blocs-notes en un tas bien net sur la table, puis prit le *Who's who* et le replaça sur l'étagère. Clarissa entra par la porte du hall, s'approcha de lui et posa les mains sur ses bras.

— Roly chéri, lui dit-elle. Qu'aurions-nous fait sans toi ? Tu es si intelligent.

— Et tu es une jeune femme très chanceuse, dit-il. Encore heureux que tu n'aies pas perdu la tête pour cette jeune crapule de Warrender.

Clarissa frissonna.

— Il n'y avait pas de danger, répondit-elle. (Elle sourit.) Si je perdais la tête pour quelqu'un, chéri, ce serait pour toi.

— Allons, allons, n'essaie pas de m'embobiner, l'avertit sir Rowland en riant. Si tu...

Il s'arrêta net tandis qu'Henry Hailsham-Brown entrait par la porte-fenêtre, et Clarissa eut une exclamation de surprise.

— Henry !

— Tiens, Roly ! salua Henry. Je croyais que tu allais au club, ce soir.

— Eh bien... euh... j'ai pensé me coucher tôt, fut tout ce que sir Rowland se sentit capable de dire sur le moment. La soirée a été plutôt fatigante.

Henry regarda la table de bridge.

— Quoi ? Un bridge fatigant ? s'enquit-il d'un ton enjoué.

Sir Rowland sourit.

— Le bridge et... euh... d'autres choses, répondit-il en se dirigeant vers la porte du hall. Bonne nuit, tout le monde.

Clarissa lui envoya un baiser, et il le lui retourna en quittant la pièce. Puis Clarissa se tourna vers Henry.

— Où est Kalendorff, je veux dire, où est Mr Jones ? demanda-t-elle d'un ton pressant.

Henry posa sa mallette sur le canapé. D'une voix lasse et dégoûtée, il marmonna :

— C'est absolument exaspérant. Il n'est pas venu.

— Quoi ?

Clarissa n'en croyait pas ses oreilles.

— L'avion est arrivé, et il n'y avait qu'un aide de camp mal dégrossi, lui dit Henry en déboutonnant son manteau.

Clarissa l'aida à ôter son vêtement, et Henry continua :

— La première chose qu'il a fait a été de faire demi-tour et de repartir d'où il était venu.

— Pourquoi diable ?

— Comment le saurais-je ?

Henry paraissait quelque peu tendu, ce qui était bien compréhensible.

— Il s'est méfié, apparemment. Méfié de quoi ? Qui sait ?

— Mais sir John ? demanda Clarissa en ôtant le chapeau de la tête d'Henry.

— C'est le pire, gémit-il. Je suis arrivé trop tard pour l'arrêter, et il va arriver ici d'une minute à l'autre, je suppose. (Henry consulta sa montre.) Évidemment, j'ai tout de suite téléphoné à Downing Street depuis l'aérodrome, mais il était déjà parti. Oh, toute l'affaire n'est qu'un lamentable fiasco !

Henry s'effondra sur le canapé avec un soupir de lassitude, et au même instant le téléphone sonna.

— Je vais répondre, dit Clarissa en traversant la pièce. C'est peut-être la police.

Elle décrocha.

Henry lui adressa un regard interrogateur.

— La police ?

— Oui, ici Copplestone Court, disait Clarissa au téléphone. Oui, oui, il est là. (Elle se tourna vers Henry.) C'est pour toi, chéri. C'est l'aérodrome de Bindley Heath.

Henry se leva et commença à se précipiter vers le téléphone, mais s'arrêta à mi-course et continua d'un pas digne.

— Allô ! dit-il dans le combiné.

Clarissa emporta le manteau et le chapeau d'Henry dans le hall, mais revint immédiatement et se tint derrière lui.

— Oui, lui-même, annonça Henry. Quoi ? Dix minutes plus tard ? Je dois ? Oui. Oui, oui. Non. Non, non... Vous avez ? Je vois. Oui. Très bien.

Il raccrocha, cria : « Clarissa ! », puis se retourna et découvrit qu'elle était juste derrière lui.

— Oh ! Te voilà. Apparemment, un autre avion a atterri juste dix minutes après le premier, et Kalendorff était dedans.

— Mr Jones, tu veux dire, lui rappela Clarissa.

— Tout à fait, chérie. On n'est jamais trop prudent, reconnut-il. Oui, il semble que le premier avion était une sorte de mesure de sécurité. Franchement, on ne sait jamais comment ces gens-là fonctionnent. Enfin, quoi qu'il en soit, ils envoient... euh... Mr Jones ici maintenant, avec une escorte. Il sera là dans un quart d'heure environ. Bon, est-ce que tout va bien ? Tout est en ordre ? (Il regarda la table de bridge.) Débarrasse-nous de ces cartes, veux-tu, ma chérie ?

Clarissa s'empressa de ramasser les cartes et les blocs et les rangea hors de vue, pendant qu'Henry s'approchait du tabouret et prenait l'assiette aux sandwiches et la coupe de mousse avec un air extrêmement surpris.

— Qu'est-ce que c'est que ça ?

Se précipitant vers lui, Clarissa se saisit de l'assiette et de la coupe.

— Pippa l'a mangée, expliqua-t-elle. Je vais l'emporter. Et je ferais mieux d'aller préparer d'autres sandwiches au jambon.

— Pas tout de suite... ces chaises sont toutes dispersées ?

Le ton d'Henry était légèrement réprobateur.

— Je croyais que tu allais tout préparer, Clarissa.

Il se mit à plier les pieds de la table de bridge.

— Qu'est-ce que tu as fait toute la soirée ? lui demanda-t-il en portant la table de bridge dans la bibliothèque.

Clarissa s'affairait maintenant à déplacer les chaises.

— Oh, Henry ! s'exclama-t-elle, ç'a été une soirée terriblement excitante. Tu comprends, je suis entrée ici avec des sandwiches peu après ton départ, et la première chose qui est arrivée, c'est que j'ai trébuché sur un cadavre. Là. (Elle lui indiqua l'endroit.) Derrière le canapé.

— Oui, oui, chérie, marmonna Henry d'un air absent en l'aidant à remettre la chauffeuse dans sa position habituelle. Tes histoires sont toujours fascinantes, mais nous n'avons vraiment pas le temps maintenant.

— Mais Henry, c'est la vérité ! insista-t-elle. Et ce

n'est que le début. La police est venue, et tout s'est enchaîné à une vitesse folle. (Elle commençait à s'emmêler.) Il y avait un trafic de drogue, et miss Peake n'est pas miss Peake, son vrai nom est Mrs Brown, et Jeremy s'est révélé être l'assassin et il essayait de voler un timbre qui vaut quatorze mille livres.

— Hum ! Il devait s'agir d'un deuxième jaune suédois, commenta Henry.

Son ton était indulgent, mais il ne l'écoutait pas vraiment.

— Je crois que c'était exactement ça ! s'exclama Clarissa, ravie.

— Franchement, ce que tu vas imaginer, Clarissa, dit affectueusement Henry.

Il déplaça la petite table, l'installa entre le fauteuil et la chauffeuse, et en épousseta les miettes avec son mouchoir.

— Mais, chéri, je ne l'ai pas imaginé, continua Clarissa. Je n'aurais pas pu en imaginer la moitié.

Henry mit sa mallette derrière un coussin du canapé, redonna du volume à un autre coussin, puis se dirigea avec un troisième coussin vers la chauffeuse. Pendant ce temps, Clarissa continuait d'essayer d'attirer son attention.

— Comme c'est extraordinaire, observa-t-elle. Toute ma vie, rien ne m'est vraiment arrivé, et ce soir j'ai eu droit à tout. Meurtre, police, toxicomanes, encre invisible, écriture secrète, on m'a presque arrêtée pour homicide involontaire, et j'ai bien failli être assassinée. (Elle marqua une pause et regarda Henry.) Tu sais, chéri, dans un sens, c'est presque trop en une seule soirée.

— Je t'en prie, va préparer le café, chérie, répondit Henry. Tu pourras me raconter cette passionnante histoire demain.

Clarissa parut exaspérée.

— Mais te rends-tu compte, Henry, lui demanda-t-elle, qu'on a failli m'assassiner ce soir ?

Henry regarda sa montre.

— Sir John ou Mr Jones pourraient arriver d'un instant à l'autre, dit-il avec anxiété.

— Ce que j'ai dû affronter ce soir, continuait Clarissa. Mon Dieu, ça me rappelle Sir Walter Scott !

— Quoi donc ? demanda vaguement Henry en regardant autour de lui dans la pièce pour s'assurer que tout était maintenant à sa place.

— Ma tante me l'avait fait apprendre par cœur, se souvint Clarissa.

Henry lui lança un regard interrogateur, et elle récita :

— Oh, quelle toile complexe nous tissons, la première fois que nous apprenons à tromper.

Prenant soudain conscience de la présence de sa femme, Henry se pencha par-dessus le fauteuil et l'entoura de ses bras.

— Mon adorable araignée ! dit-il.

Clarissa lui entoura les épaules de ses bras.

— Es-tu au courant des mœurs des araignées ? demanda-t-elle. Elles mangent leur mari.

Elle lui gratta la nuque du bout des doigts.

— Il est plus probable que ce soit moi qui te mange, répondit passionnément Henry avant de l'embrasser.

La sonnette de la porte d'entrée retentit soudain.

— Sir John ! souffla Clarissa en s'écartant dans un sursaut.

Henry s'exclama en même temps que la jeune femme :

— Mr Jones !

Clarissa poussa Henry vers la porte du hall.

— Va donc ouvrir, ordonna-t-elle. Je mettrai le café et les sandwiches dans le hall, et tu pourras les apporter ici quand tu seras prêt. Les palabres de haut vol vont maintenant commencer. (Elle lui embrassa la main, puis la porta à la bouche de son mari.) Bonne chance, chéri.

— Bonne chance, répondit Henry.

Il tourna les talons, puis fit volte-face.

— Je veux dire : merci. Je me demande lequel est arrivé le premier.

Boutonnant sa veste en hâte et redressant sa cravate, il se précipita vers la porte d'entrée.

Clarissa prit l'assiette et la coupe, fit mine de se diriger vers la porte du hall, mais s'arrêta en entendant la voix d'Henry déclarer chaleureusement :

— Bonsoir, sir John.

Elle hésita un instant, puis alla vivement vers les étagères et actionna le levier. Le panneau s'ouvrit, et elle passa de l'autre côté à reculons.

— Sortie mystérieuse de Clarissa, déclama-t-elle en

un murmure aux accents dramatiques avant de disparaître dans l'alcôve, une fraction de seconde avant qu'Henry n'introduise le Premier ministre dans le salon.

NOTICE BIOGRAPHIQUE

Agatha Christie est l'auteur de quatre-vingts romans policiers et recueils de nouvelles, de dix-neuf pièces, et de six romans écrits sous le pseudonyme de Mary Westmacott. Ses livres se sont vendus à plus de deux milliards d'exemplaires dans le monde, en quarante-quatre langues, et c'est l'auteur le plus largement publié de tous les temps dans n'importe quelle langue, dépassée seulement par la Bible et Shakespeare.

Agatha Miller naquit le 15 septembre 1890 à Torquay, dans le Devonshire, en Angleterre. Elle épousa Archie Christie, alors capitaine du Royal Flying Corps, en 1914. En 1919 naquit leur fille Rosalind.

Son premier roman fut écrit en réponse à un défi lancé par sa sœur, Madge, qui ne la croyait pas capable d'écrire un bonne histoire de détective. Le résultat fut

La Mystérieuse affaire de Styles (*The Mysterious Affair at Styles*). Dans ce roman, elle créa Hercule Poirot, le petit détective belge au crâne en forme d'œuf et doué d'une passion pour l'ordre, sans parler de ses « petites cellules grises », qui était destiné à devenir le détective de fiction le plus populaire depuis Sherlock Holmes imaginé par Conan Doyle. Publié aux États-Unis en 1920, il apparut en Angleterre l'année suivante.

En 1926, elle écrivit ce qui est toujours considéré comme son chef-d'œuvre, *Le Meurtre de Roger Ackroyd* (*The Murder of Roger Ackroyd*), qui devint le premier des livres de Christie à faire l'objet d'une adaptation théâtrale. Sous le nom d'*Alibi*, la pièce connut un grand succès dans le West End de Londres avec Charles Laughton — dans l'un des ses premiers rôles importants sur la scène londonienne — jouant le rôle de Poirot.

En 1930, Agatha Christie se maria pour la seconde fois, cette fois à l'archéologue Max Mallowan, et entama une existence très heureuse sur le plan personnel. L'année 1930 marqua également la publication de *L'Affaire Protheroe* (*Murder at the Vicarage*), qui présentait le personnage de l'apparemment inoffensive miss Marple.

Agatha Christie se vit décerner le titre de CBE *(Commander, Order of the British Empire)* en 1956 et fut nommée Dame Commander, *Order of the British Empire,* en 1971. Dans le domaine du roman policier, elle fut présidente du Detection Club (1954) et on lui décerna le *Mystery Writers of America Grandmaster Award* (1955).

The Mousetrap, la pièce la plus célèbre de Christie, fut d'abord produite sous la forme d'une pièce radiophonique et sous le titre de *Three Blind Mice*, commandée par la BBC comme cadeau d'anniversaire pour la reine Mary en 1947. Jouée continuellement depuis ses débuts dans le West End en 1952, elle connaît la plus longue carrière de l'histoire du théâtre.

Une grande part de son œuvre a été filmée pour le cinéma comme pour la télévision. Parmi les films les plus célèbres tirés de son œuvre, on compte *Dix Petits Nègres,* de René Clair, *Témoin à charge,* de Billy Wilder, et *Le Crime de l'Orient-Express,* de Sydney Lumet. Agatha Christie est morte le 12 janvier 1976.

Charles Osborne est né à Brisbane, en Australie, en 1927. Il a été journaliste littéraire et musical, et a travaillé au théâtre en tant qu'acteur et metteur en scène en Australie et en Grande-Bretagne jusqu'au jour où, en 1958, il est devenu rédacteur en chef adjoint de *The London Magazine* et a commencé à faire des émissions pour la BBC. De 1971 à 1986, il a été directeur du *Arts Council of Great Britain*, et de 1986 à 1991, critique dramatique principal du journal londonien *Daily Telegraph*, pour lequel il continue d'écrire des critiques littéraires. Depuis 1970, il est membre du conseil de rédaction du magazine *Opera*.

Osborne, autorité internationale sur le sujet de l'opéra et spécialiste de Verdi, a écrit plusieurs livres sur ce compositeur ainsi que des guides des opéras de Mozart, Puccini, Strauss et Wagner. Il est également l'auteur de *W. H. Auden : The Life of a Poet* et *The Life and Crimes of Agatha Christie*. Trois volumes de ses poèmes ont été publiés, et son autobiographie, *Giving it Away*, éditée en 1986. En 1993, il a reçu la médaille d'Or des *Amici di Verdi* en hommage à ses travaux sur Verdi publiés au cours des trente dernières années, et en 1994 la Griffith University, en Australie, lui a décerné un titre de docteur *honoris causa* en reconnaissance des longues années passées au service des arts. *Black Coffee*, son adaptation sous forme de roman d'une pièce d'Agatha Christie, a été publié en 1998, suivie de *The Unexpected Guest* un an plus tard.

INTÉGRALES

Édition définitive dans une nouvelle traduction
Préfaces et postfaces de Jacques Baudou
Filmographie de Jean-Jacques Schléret

Tome 1
Les années 1920-1925
La Mystérieuse affaire de Styles; Mr Brown ; Le Crime du golf ; L'Homme au complet marron ; Les Enquêtes d'Hercule Poirot ; Le Secret de Chimneys.

Tome 2
Les années 1926-1930
Le Meurtre de Roger Ackroyd; Les Quatre ; Le Train bleu ; Les Sept cadrans ; Le Crime est notre affaire ; L'Affaire Protheroe.

Tome 3
Les années 1930-1933
Le Mystérieux Mr Quinn ; Cinq heures vingt-cinq ; La Maison du péril ; Miss Marple au Club du Mardi ; Le Couteau sur la nuque ; Le Flambeau.

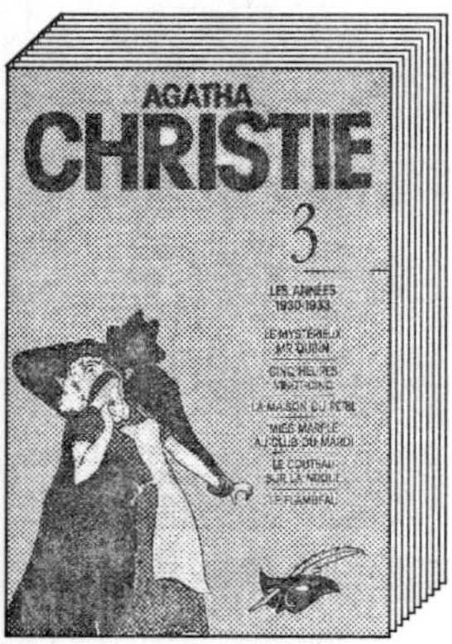

Tome 4
Les années 1934-1935
Mr Parker Pyne ; Le Crime de l'Orient-Express ; Pourquoi pas Evans ? ; Le Mystère de Listerdale ; Drame en trois actes ; La Mort dans les nuages.

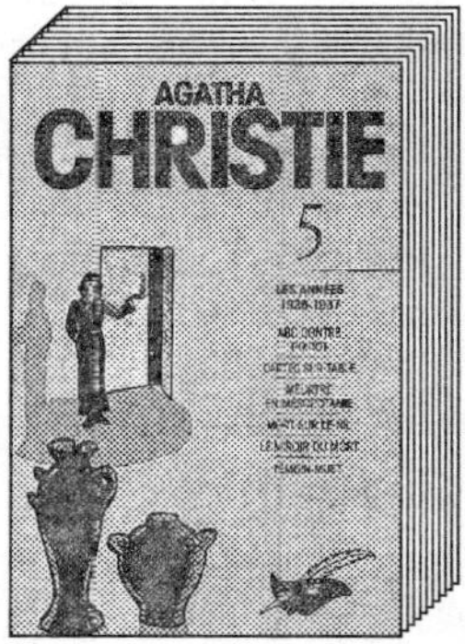

Tome 5
Les années 1936-1937
ABC contre Poirot ; Cartes sur table ; Meurtre en Mésopotamie ; Mort sur le Nil ; Le Miroir du mort ; Témoin muet.

Tome 6
Les années 1938-1940
Rendez-vous avec la mort ; Le Noël d'Hercule Poirot ; Un meurtre est-il facile ? ; Dix petits nègres ; Un, deux, trois ; Je ne suis pas coupable.

Tome 7
Les années 1941-1944
Les Vacances d'Hercule Poirot ; N ou M ? ; Un cadavre dans la bibliothèque ; Cinq petits cochons ; La Plume empoisonnée ; L'Heure zéro.

Tome 8
Les années 1945-1949
La Mort n'est pas une fin ; Meurtre au champagne ; Le Vallon ; Les Travaux d'Hercule ; Le Flux et le reflux ; La Maison biscornue.

Tome 9
Les années 1949-1953
Trois souris ; Un meurtre sera commis le... ; Rendez-vous à Bagdad ; Mrs McGinty est morte ; Jeux de glaces ; Les Indiscrétions d'Hercule Poirot.

Tome 10
Les années 1953-1958
Une poignée de seigle ; Destination inconnue ; Pension Vanilos ; Le Train de 16H50 ; Poirot joue le jeu ; Témoin indésirable.

Tome 11
Les années 1958-1954
Le Chat et les pigeons ; Christmas Pudding ; Le Cheval pâle ; Le Miroir se brisa ; Les Pendules ; Le Major parlait trop.

Le Meurtre de Roger Ackroyd
1/cat. 3
Le premier des romans d'A. Christie traduits en français. (415 C.d.M.)

Les Sept cadrans
44/cat. 3
Huit pendules autour d'un lit. Mais au matin, il n'en reste que sept... Et un cadavre. (56 C.d.M.)

L'Homme au complet marron
69/cat. 3
Deux meurtres, un même suspect : grand, bronzé, portant un complet marron... (124 C.d.M.)

Mr Brown
100/cat. 4
Tommy et Tuppence Beresford à la poursuite de l'insaisissable Mr Brown. (68 C.d.M.)

La Mystérieuse affaire de Styles
106/cat. 3
Le tout premier roman policier d'A. Christie, écrit en 1920. (100 C.d.M.)

L'Affaire Protheroe
114/cat. 4
Un colonel irascible assassiné dans le bureau du presbytère... Mais miss Marple va découvrir le coupable. (36 C.d.M.)

Le Crime du golf
118/cat. 3
Hercule Poirot enquête en France, près de Calais, où Mr Renauld a été assassiné sur un terrain de golf. (265 C.d.M.)

Le Train bleu
122/cat. 4
Un attentat, un vol, un crime... Qui a monté ce plan diabolique pour s'emparer des plus beaux rubis du monde ? (4 C.d.M.)

Le Secret de Chimneys
126/cat. 3
Une des plus anciennes demeures seigneuriales anglaises, un prince déchu, des individus équivoques... et Hercule Poirot. (218 C.d.M.)

Les Quatre
134/cat. 3
Les Quatre ? Quels Quatre ? Un quatuor musical ? Les quatre grands ? Ou un quatuor criminel... Des ennemis à la mesure d'Hercule Poirot ! (30 C.d.M.)

La Maison du péril
157/cat. 3
Échapper trois fois à la mort, quelle chance inouïe! Mais si un autre accident devait se révéler fatal? (152 C.d.M.)

Le Crime de l'Orient-Express
169/cat. 3
Un wagon de l'Orient-Express bloqué par les neiges, et dans un compartiment, un Américain lardé de douze coups de couteau. (337 C.d.M.)

Cinq heures vingt-cinq
190/cat. 3
Au cours d'une séance de spiritisme, la table tournante affirme que le vieux capitaine a été assassiné... Et elle a raison. (168 C.d.M.)

Le Couteau sur la nuque
197/cat. 3
Lady Edgware cherche à se débarrasser de son mari... Celui-ci va pousser la complaisance jusqu'à se faire assassiner ! (135 C.d.M.)

La Mort dans les nuages
218/cat. 3
Dans l'avion qui descend sur Londres, la tête de Mme Giselle s'affaisse légèrement sur sa poitrine... Somnolence ou sommeil... éternel ? (128 C.d.M.)

Pourquoi pas Evans ?
241/cat. 3
Au pied de la falaise, l'homme, avant de mourir, prononce ces mots : "Pourquoi pas Evans ?" (9 C.d.M.)

A.B.C. contre Poirot
263/cat. 3
Celui qui signe A.B.C. a tenu à prévenir Hercule Poirot : "L'énigme que vous aurez à résoudre vous donnera du fil à retordre." (296 C.d.M.)

Cartes sur table
275/cat. 3
Une partie de bridge passionnante... Et sur la chemise de l'hôte, un bouton orné d'un rubis... ou bien une tache de sang ? (364 C.d.M.)

Meurtre en Mésopotamie
283/cat. 3
Mrs Leidner a des crises... Personne ne sait exactement quel genre de crises. Par contre, les menaces de mort qu'elle reçoit sont, elles, très précises... (28 C.d.M.)

Dix petits nègres
299/cat. 3
L'île du Nègre, dix convives invités par un mystérieux inconnu... (402 C.d.M.)

Je ne suis pas coupable
328/cat. 3
"Je ne suis pas coupable", répète avec obstination Elinor Carlisle. Pourtant, c'est bien elle qui a préparé les sandwiches empoisonnés... (22 C.d.M.)

Mort sur le Nil
329/cat. 3
Un petit revolver, un crime étrange lors d'une croisière sur le Nil : une énigme de plus pour Hercule Poirot.
(82 C.d.M.)

Le Noël d'Hercule Poirot
334/cat. 2
Le 24 décembre, le vieux Siméon Lee est sauvagement assassiné dans sa chambre. Et tout le monde, évidemment, le détestait. (308 C.d.M.)

Un cadavre dans la bibliothèque
337/cat. 2
Une jeune femme, inconnue du colonel, est découverte étranglée dans sa bibliothèque... (38 C.d.M.)

Meurtre au champagne
342/cat. 3
Un dîner d'anniversaire dans un élégant restaurant, et du champagne... empoisonné.
(449 C.d.M.)

Cinq petits cochons
346/cat. 3
Poirot a des principes : il veut la vérité sur ce crime vieux de seize ans... et il l'aura !
(66 C.d.M.)

L'Heure zéro
349/cat. 3
Un vieux monsieur s'assied devant son feu, ouvre son courrier, il ne s'en doute pas, mais il va vers l'heure H... (439 C.d.M.)

Les Vacances d'Hercule Poirot
351/cat. 2
Une petite île, un hôtel agréable... Tout serait parfait si la femme fatale de service ne se faisait bêtement étrangler !
(275 C.d.M.)

N ou M ?
353/cat. 4
Tommy et Tuppence Beresford aux trousses d'un espion nazi.
(32 C.d.M.)

Un, Deux, Trois...
359/cat. 3
Pourquoi Mr Morley, dentiste, s'est-il suicidé vers midi, en plein travail, alors que sa salle d'attente était encore pleine ?
(1 C.d.M.)

Le Vallon
361/cat. 2
Il paraît que Mr Poirot a pour métier de découvrir les assassins. Il sera ravi de trouver au Vallon de quoi s'occuper...
(374 C.d.M.)

Drame en trois actes
366/cat. 3
Il ne fait pas bon être invité aux dîners de sir Charles. Un pasteur, puis un psychiatre, n'y survivront pas... (192 C.d.M.)

La Plume empoisonnée
371/cat. 3
Le notaire, le médecin, la femme du pasteur : tout le monde a reçu ces ridicules lettres anonymes... (34 C.d.M.)

Témoin muet
377/cat. 3
La vieille demoiselle roule sur l'or. Mais elle refuse de le prêter à ses neveux et nièces. Dangereuse obstination...
(54 C.d.M.)

Le Flux et le reflux
385/cat. 2
Il y a des situations idéales pour les maîtres chanteurs. Mais il y a aussi des maîtres chanteurs à qui il arrive bien des malheurs... (235 C.d.M.)

La Maison biscornue
394/cat. 1
Qui donc a tué le grand-père ? La seule qui paraisse avoir une idée sur la question, c'est Joséphine, douze ans...
(16 C.d.M.)

Un meurtre sera commis le...
400/cat. 1
"Un meurtre est annoncé, qui aura lieu le vendredi 29 octobre à 6 h 30 à Little Paddocks..." (86 C.d.M.)

Rendez-vous avec la mort
420/cat. 1
"Alors, tu vois bien, il ne nous reste plus qu'à la tuer !" Cette phrase surprise un soir permettra-t-elle à Hercule Poirot d'éclaircir le drame ?
(52 C.d.M.)

Rendez-vous à Bagdad
430/cat. 2
Une heure après avoir été licenciée, cinq minutes après avoir rencontré un séduisant jeune homme, Victoria a décidé de le suivre à Bagdad...
(11 C.d.M.)

Jeux de glaces
442/cat. 3
"C'est une maison de fous!" dit l'infirmière qui soigne Carrie-Louise pour une étrange maladie, qui ressemble fortement à un empoisonnement à l'arsenic... (78 C.d.M.)

Mrs Mac Ginty est morte
458/cat. 2
Un meurtre sordide, pour quelques livres... Mais peut-être les petites cellules grises d'Hercule Poirot vont-elles éviter la corde à un innocent ?
(24 C.d.M.)

Les Indiscrétions d'Hercule Poirot
475/cat. 2
"Il a bien été assassiné, n'est-ce pas ?" Voilà le genre de question à ne pas poser aux enterrements... (142 C.d.M.)

Une poignée de seigle
500/cat. 2
Une poignée de seigle dans la poche d'un homme empoisonné, un cintre accroché dans le nez d'une jeune fille étranglée... Des indices saugrenus, mais auxquels miss Marple va trouver une signification.
(40 C.d.M.)

C.d.M. :
Le Club des Masques

La Mort n'est pas une fin
511/cat. 3
Un roman policier situé en Égypte, à Thèbes, quelque 2000 ans avant J.-C., sous la XIe dynastie. (90 C.d.M.)

Destination inconnue
526/cat. 3
Un savant atomiste qui disparaît : a-t-il été enlevé ou est-il passé au service d'une puissance étrangère ? (58 C.d.M.)

Pension Vanilos
555/cat. 2
Quantité d'objets étranges disparaissent à la pension Vanilos. Heureusement, Hercule Poirot veille au grain... (62 C.d.M.)

Un meurtre est-il facile ?
564/cat. 3
Luke Fitzwilliams ne croit guère à ce que lui a raconté dans le train la charmante miss Pinkerton sur l'assassin qui sévit à Wychwood. Pourtant, celle-ci va se faire écraser avant d'arriver à Scotland Yard... (13 C.d.M.)

Poirot joue le jeu
579/cat. 2
Une murder-party mise en scène par Mrs Oliver... Un simple jeu ? Oui, mais lorsque la fiction devient réalité, Poirot est de la partie... (184 C.d.M.)

Le Train de 16 h 50
628/cat. 2
Dans un train doublant le sien, une vieille dame est témoin d'un meurtre, mais personne ne la prend au sérieux... sauf miss Marple ! (44 C.d.M.)

Témoin indésirable
651/cat. 1
Deux ans après la condamnation d'un jeune homme, mort en prison, un témoin apporte à la famille une preuve de son innocence. Mais pour tous, il est indésirable... (2 C.d.M.)

Le Chat et les pigeons
684/cat. 3
Vol de bijoux et meurtre du professeur de gymnastique dans un collège très snob : Poirot devra reprendre le chemin des écoliers... (26 C.d.M.)

Le Miroir du mort
714/cat. 3
Trois nouvelles où le génie de la déduction d'Hercule Poirot s'en donne à cœur joie. (94 C.d.M.)

Le Retour d'Hercule Poirot
745/cat. 1
Où dissimuler un rubis un soir de Noël ? Comment commettre un crime dans un jardin alors qu'on vous a enfermé dans votre chambre ? Hercule Poirot et miss Marple ont réponse à tout... (42 C.d.M. *Christmas Pudding*)

Le Cheval pâle
774/cat. 1
Au Cheval pâle, trois vieilles sorcières s'adonnent au spiritisme et terrorisent leur entourage. Mais ce n'est pas le maléfice qui tue : l'explication est beaucoup plus rationnelle... (64 C.d.M.)

Le Mystère de Listerdale
807/cat. 3
Douze mystères qui révèlent ici une autre facette du talent d'Agatha Christie, mêlant le meurtre à des situations étranges. (60 C.d.M.)

Le Miroir se brisa
815/cat. 1
Comment un tableau de La Madone portant l'enfant Jésus peut-il provoquer autant de terreur ? Miss Marple ne retournera dans son village de St. Mary Mead que lorsqu'elle saura... (3 C.d.M.)

Les Pendules
853/cat. 3
Une jeune dactylo assassinée chez une aveugle... Hercule Poirot va remettre les pendules à l'heure ! (50 C.d.M.)

Le Major parlait trop
889/cat. 1
Le major, intarissable conteur d'histoires, ne cesse d'accabler miss Marple du récit de ses exploits. Mais le major parle trop, il va en mourir... (108 C.d.M.)

Les Travaux d'Hercule
912/cat. 3 (70 C.d.M.)

Les Écuries d'Augias
913/cat. 1
Hercule, le héros grec, avait accompli douze travaux. Mais dans ces deux recueils de nouvelles, c'est le célèbre détective belge Hercule Poirot qui devra résoudre douze énigmes grâce à ses petites cellules grises. (72 C.d.M.)

Miss Marple au Club du Mardi
937/cat. 2 (46 C.d.M.)

Le Club du Mardi continue
938/cat. 1
Du fond de son fauteuil, la paisible miss Marple résout les énigmes les plus déconcertantes. Deux recueils de nouvelles où la connaissance de la nature humaine sera bien utile à la vieille demoiselle. (48 C.d.M.)

À l'Hôtel Bertram
951/cat. 2
Miss Marple se réjouit de passer une semaine dans cet hôtel au style victorien. Mais tout n'est peut-être pas aussi paisible qu'il y paraît... à l'Hôtel Bertram. (104 C.d.M.)

Mr Parker Pyne
977/cat. 3
"Êtes-vous heureux ? Dans le cas contraire, consultez Mr Parker Pyne, professeur de bonheur..." Douze nouvelles insolites où l'ingéniosité le dispute à l'humour. (117 C.d.M.)

La Troisième fille
1000/cat. 2
Une jeune femme vient déclarer à Poirot qu'elle a peut-être commis un crime... Mais qu'il est trop vieux pour l'aider ! Lui... le roi des détectives ! (112 C.d.M.)

Les Enquêtes d'Hercule Poirot
1014/cat. 4
Neuf enquêtes, un seul limier : Hercule Poirot, le plus grand détective du monde ! (96 C.d.M.)

Le Mystérieux Mr Quinn
1045/cat. 1 (138 C.d.M.)

Mr Quinn en voyage
1051/cat. 1
Mr Quinn est le justicier insaisissable. Mr Satterthwait, le vieux gentleman discret, n'attend qu'un signe de lui pour entrer en scène... Douze nouvelles pour ces personnages hors du commun. (144 C.d.M.)

Témoin à charge
1084/cat. 1
Huit nouvelles, dont le célèbre "Témoin à charge", porté à l'écran par Billy Wilder. La quintessence du génie d'Agatha Christie. (210 C.d.M.)

La Nuit qui ne finit pas
1094/cat. 2
Un conte de fées : un pauvre garçon rencontre une jeune fille très riche, ils se marient et vivent heureux dans une belle maison... Mais pas assez longtemps pour avoir des enfants ! (161 C.d.M.)

Mon petit doigt m'a dit
1115/cat. 2
Tommy et Tuppence Beresford, le fameux couple de détectives, à la recherche d'une pensionnaire du "Côteau Ensoleillé", disparue mystérieusement... (201 C.d.M.)

La Fête du potiron
1151/cat. 1
Au cours des réjouissances de Halloween, une fillette bavarde et menteuse s'est vantée publiquement d'avoir assisté à un meurtre des années plus tôt. Ce n'était guère prudent... (174 C.d.M.)

Allô ! Hercule Poirot ?
1175/cat. 2
Un banquier volatilisé, des bijoux disparus, un suicide déguisé en crime... Hercule Poirot est là pour résoudre ces énigmes complexes... (284 C.d.M.)

Associés contre le crime
1219/cat. 1 (244 C.d.M.)

Le Crime est notre affaire
1221/cat. 1
Une série d'énigmes avec pour héros Tommy et Tuppence Beresford... (228 C.d.M.)

Némésis
1249/cat. 2
Une énigme en forme de jeu de piste pour miss Marple. On la charge d'enquêter sur un "certain crime". Mais quel crime ? (253 C.d.M.)

Passager pour Francfort
1321/cat. 2
L'avion de sir Stafford Nye se pose à Francfort, une jeune inconnue l'aborde et sollicite son aide... Un curieux mystère de politique-fiction. (483 C.d.M.)

Une mémoire d'éléphant
1420/cat. 1
Les Ravenscroft filaient le parfait amour, ils jouissaient d'une excellente réputation et d'une situation financière confortable, on en déduit qu'ils étaient de ceux qui meurent dans leur lit. Et non d'une balle dans la peau... (469 C.d.M.)

Le Cheval à bascule
1509/cat. 2
Marie Jordan a-t-elle été une espionne au service du Kaiser ? A-t-elle été assassinée ? Une nouvelle aventure pour les Beresford. (514 C.d.M.)

Poirot quitte la scène
1561/cat. 2
La dernière enquête du célèbre détective, dans le manoir de Styles où nous l'avions vu apparaître pour la première fois en 1927. (504 C.d.M.)

La Dernière énigme
1591/cat. 2
La dernière apparition de miss Marple, la vieille demoiselle de St. Mary Mead. (530 C.d.M.)

Le Bal de la victoire
1655/cat. 2
Un recueil des premières énigmes résolues par Hercule Poirot. (561 C.d.M.)

Dix brèves rencontres
1723/cat. 1
Dix nouvelles extraites de différents recueils et adaptées pour la télévision. (567 C.d.M.)

Trois souris...
1786/cat. 1
Un recueil de six nouvelles, dont la célèbre "Souricière", adaptée au théâtre. (582 C.d.M.)

Marple, Poirot, Pyne et les autres
1832/cat. 2
Les stars du crime sont réunies ici pour un festival d'enquêtes d'un classicisme parfait. (583 C.d.M.)

Le Flambeau
1882/cat. 3
Neuf histoires étranges et fantastiques qui confirment les multiples talents de la reine incontestée du crime. (584 C.d.M.)

LISTE ALPHABÉTIQUE COMPLÈTE DES ROMANS D'AGATHA CHRISTIE

(Masque et Club des Masques)

A.B.C. contre Poirot
M 263 / CdM 296

L'Affaire Protheroe
M 114 / CdM 36

A l'hôtel Bertram
M 951 / CdM 104

Allô ! Hercule Poirot ?
M 1175 / CdM 284

Associés contre le crime
M 1219 / CdM 244

Le Bal de la victoire
M 1655 / CdM 561

Black Coffee
Grands Formats

Cartes sur table
M 275 / CdM 364

Le Chat et les pigeons
M 684 / CdM 26

Le Cheval à bascule
M 1509 / CdM 514

Le Cheval pâle
M 774 / CdM 64

Christmas Pudding
CdM 42

Cinq heures vingt-cinq
M 190 / CdM 168

Cinq petits cochons
M 346 / CdM 66

Le Club du Mardi continue
M 938 / CdM 48

Le Couteau sur la nuque
M 197 / CdM 135

Le Crime de l'Orient-Express
M 169 / CdM 337

Le Crime du golf
M 118 / CdM 265

Le Crime est notre affaire
M 1221 / CdM 228

La Dernière énigme
M 1591 / CdM 530

Destination inconnue
M 526 / CdM 58

Dix brèves rencontres
M 1723 / CdM 567

Dix petits nègres
M 299 / CdM 402

Drame en trois actes
M 366 / CdM 192

Les Écuries d'Augias
M 913 / CdM 72

Les Enquêtes d'Hercule Poirot
M 1014 / CdM 96

La Fête du potiron
M 1151 / CdM 174

Le Flambeau
M 1882

Le Flux et le reflux
M 385 / CdM 235

L'Heure zéro
M 349 / CdM 439

L'Homme au complet marron
M 69 / CdM 124

Les Indiscrétions d'Hercule Poirot
M 475 / CdM 142

Je ne suis pas coupable
M 328 / CdM 22

Jeux de glaces
M 442 / CdM 78

La Maison biscornue
M 394 / CdM 16

La Maison du péril
M 157 / CdM 152

Le Major parlait trop
M 889 / CdM 108

Marple, Poirot, Pyne et les autres
M 1832 / CdM 583

Meurtre au champagne
M 342 / CdM 449

Le Meurtre de Roger Ackroyd
M 1 / CdM 415

Meurtre en Mésopotamie
M 283 / CdM 28

Le Miroir du mort
M 714 / CdM 4

Le Miroir se brisa
M 815 / CdM 3

Miss Marple au Club du Mardi
M 937 / CdM 46

Mon petit doigt m'a dit
M 1115 / CdM 201

La Mort dans les nuages
M 218 / CdM 128

La Mort n'est pas une fin
M 511 / CdM 90

Mort sur le Nil
M 329 / CdM 82

Mr Brown
M 100 / CdM 68

Mr Parker Pyne
M 977 / CdM 117

Mr Quinn en voyage
M 1051 / CdM 144

Mrs Mac Ginty est morte
M 458 / CdM 24

Le Mystère de Listerdale
M 807 / CdM 60

La Mystérieuse affaire de Styles
M 106 / CdM 100

Le Mystérieux Mr. Quinn
M 1045 / CdM 138

N ou M ?
M 353 / CdM 32

Némésis
M 1249 / CdM 253

Le Noël d'Hercule Poirot
M 334 / CdM 308

La Nuit qui ne finit pas
M 1094 / CdM 161

Passager pour Francfort
M 1321 / CdM 483

Les Pendules
M 853 / CdM 50

Pension Vanilos
M 555 / CdM 62

La Plume empoisonnée
M 371 / CdM 34

Poirot joue le jeu
M 579 / CdM 184

Poirot quitte la scène
M 1561 / CdM 504

Pourquoi pas Evans ?
M 241 / CdM 9

Les Quatre
M 134 / CdM 30

Rendez-vous à Bagdad
M 430 / CdM 11

Rendez-vous avec la mort
M 420 / CdM 52

Le Retour d'Hercule Poirot
M 745

Le Secret de Chimneys
M 126 / CdM 218

Les Sept cadrans
M 44 / CdM 56

Témoin à charge
M 1084 / CdM 210

Témoin indésirable
M 651 / CdM 2

Témoin muet
M 377 / CdM 54

Le Train bleu
M 122 / CdM 4

Le Train de 16 h 50
M 628 / CdM 44

Les Travaux d'Hercule
M 912 / CdM 70

Trois souris...
M 1786 / CdM 582

La Troisième fille
M 1000 / CdM 112

Un cadavre dans la bibliothèque
M 337 / CdM 38

Un, deux, trois...
M 359 / CdM 1

Une mémoire d'éléphant
M 1420 / CdM 469

Un meurtre est-il facile ?
M 564 / CdM 13

Un meurtre sera commis le...
M 400 / CdM 86

Une poignée de seigle
M 500 / CdM 40

Le Vallon
M 361 / CdM 374

Les Vacances d'Hercule Poirot
M 351 / CdM 275

Composition réalisée par EURONUMERIQUE

Impression réalisée sur CAMERON par

BRODARD & TAUPIN

GROUPE CPI

La Flèche
en janvier 2001

Imprimé en France
Dépôt éditeur : 8015-01/2001
Édition : 01
N° d'impression : 5667
ISBN : 2-7024-7964-2

52/6159/9